주방 표류기

● **일러두기**

일부 비속어나 표준어가 아닌 단어는
작가의 개성을 살리기 위해 그대로 두었습니다.

배현혜 에세이

주방 표류기

집 안엔 주방이라는 섬이 있다

프롤로그

설거지를 시작하며

엄마의 부엌이 아닌 나만의 주방을 가지게 된 것이 올해 3월로 21년째다. 결혼하면서 독립한 것이 그렇게 되었다는 이야기다. 나도 결혼 생활 20년이면 엄마처럼 온갖 것들을 다 할 수 있을 줄 알았다. 눈치챘는지 모르겠지만 나는 여전히 김치도 담글 줄 모르고 잡채 한번 내 손으로 해본 적이 없다. 시간이 흐르면 자연히 각종 잔치 음식들을 할 수 있게 되는 줄 알았다. 그러나 이것들도 관심과 노력 없이 그냥 얻어지는 것은 아니었다.

요리 레시피나 살림 비법 같은 것을 기대하고 이 책을 펴는 분이 계신다면 죄송하다는 말을 전하고 싶다. (그래도 이왕 펼쳤으니 끝까지 어떻게 좀….) 이 글들은 그저 지극히 평범한 아줌마가 집 안의 섬 같은 주방을 표류하며 겪은 개인적인 단상을 모은 것들에 지나지 않는다.

이 책을 쓰며 나는 나를 조금 더 깊이 알게 되었다. 쓰는 동안 나의 생각이나 행동에 대한 근원을 찾아 거슬러 올라가 그것들의 이유를 알게 되었다. 나는 글을 쓰면서 나를 바로 알려고 노력했고 그것에 진심을 담았다. 조금이라도 더 나은 사람이 되어가고 있다는 생각이 들었다. 그럴 때마다 나는 나를 쓰다듬어 주었다.

설거지가 싫고 살림이 체질에 맞지 않아 미뤄두고 쌓아두던 일상을 이야기하려니 많이 부끄러웠다. 이런 글로도 책을 낼 수 있나? 설거지가 싫다고 징징대는 글로만 보일까 봐 고민도 많이 했지만, 세상 어딘가에는 분명히 나와 같은 사람도 있어서 공감해 줄 거라 믿었다. 영화 〈작은 아씨들〉 중 가정에서 벌어지는 이야기에 누가 관심을 두겠냐는 조의 질문에 자매들은 자꾸 쓰면 중요해진다고 응원해 주었다. 나도 그 말에 용기를 얻는다. 내가 자꾸 쓰다 보면 주방 일기 장르가 생길지 누가 아는가. 후훗.

일부러 일본에서의 생활에 관한 이야기들은 최대한 피해 보려고 했다. 그러나 이 글들을 쓸수록 일본에서의 생활이 지금까지도 내 삶에 큰 영향을 미치고 있다는 사실을 깨달았다. 남들이 불편하게 여길까 봐 그 시간들에 대한 이야기를 피한다면 이 글이 '에세이'로 불리는 것 또한 포기하는 거라는 생각이 들기 시작했다. 과거의 내 하루하루가 쌓이고 쌓여 지금의 나를 이루고 있고 지금의 나는 또 미래의 내 모습을 짐작하게 한다는 것을 알기 때문이다.

처음에는 가볍게 글을 쓰기 시작했다. 그러나 점점 책으로 엮어내고 싶다는 욕심이 생겼고 그 욕심을 잠재우지 못해 잠깐 책의 형태로 나온 적은 있지만 도서출판 마누스 덕분에 개정판으로 다시 세상에 나올 수 있게 되었다. 아직 씨앗에 지나지 않았던 원고가 잘 발아할 수 있도록 이끌어 준 '팀 마누스'에게 감사드린다. 아울러 내가 씨앗이라도 심을 수 있도록 끊임없이 응원해 주신 미녀 배지영 작가님께도 이 자리를 빌려 고마움을 전한다.

집 안에는 '주방'이라는 섬이 있다. 집의 다른 곳들과 다르게 기능적으로 완전히 다른 임무를 해내는 곳이다. 그곳에는 사람이 있을 수도 있고 냄새가 있을 수도 있고 전자제품들로만 꽉 채워져 있을 수도 있다. 나의 섬 이야기를 여기 풀어 놓고 나니 다른 이들의 섬도 기웃거리고 싶어진다.

어질러진 나의 주방을 오늘도 묵묵히 견뎌주고 있는 남편과 딸에게도 감사와 사랑을 보낸다.

오늘은 치워야지.

2023년 6월

배현혜

Table of Contents

01

너는 어떻게 우리 집에 왔니?

02 설거지는 싫어합니다만

03 주방에서 너와 나, 우리

누군가의 삶과 개성이

고스란히 묻어나는 공간, 주방

말은 그때부터 자신이 싫어하는 일을 해야 할 때는 배가 아프다고
했다. 그럴 때마다 병원에 가서 '가스가 찼다.', '스트레스성이다.'
나는 이야기들을 들었다. 유치원생이 엄마에게 반항할 수 있는 최
대치가 배 아픈 것이었다. 나는 취해 있었다. 유행하는 교육을 시
키면서 제대로 좋은 엄마의 역할을 하고 있다고 착각하고 있었다.
나의 허영심에 아이의 마음을 제대로 보지 못한 것이었다. 나약한
나는 욕망과 허영심에 잠식된다.

너는 어떻게 우리집에 왔니?

잘 쓰고 있으면 됐지, 뭐. 그저 단순하게 생각하기로 한다.

그녀의 마음

네스프레소 시티즈 룽고 잔

오늘 싱크대에는 아껴둔다고 평소에 잘 쓰지 못하는 네스프레소 룽고 잔이 나와 있다. 에스프레소 잔보다는 크고 머그잔보다는 작은 네스프레소 시티즈 시리즈의 시그니처 잔이다. 이 잔은 손잡이가 독특하다. 자, 각자의 머릿속에 작은 타원형의 반쪽을 떠올려 보길 바란다. 그 타원형 전체가 도톰한 유리로 만들어져 있다. 타원형의 가장자리는 조금 볼록하다. 가장자리를 제외한 타원형의 내부는 매끌매끌하지만 오돌토돌한 질감으로 표면처리가 되어있다. 그 어디에도 구멍은 없다. 그렇다고 해서 제 기능을 제대로 하지 못하는 것도 아니다. 충분히 잡을 수 있는 크기에 표면이 꺼끌꺼끌해서 미끄러워 컵을 놓칠 일도 없을 듯하다. 소서라고 부르는 잔 받침은 불투명한 플라스틱 재질의 심플한 디자인이다. 그렇기 때문에 소서 위에 올려진 특이한 손잡이를 가진 유리 재질 커피잔이 더욱 투명하고 단아한 자태를 뽐낼 수 있다. 작지만 심미적으로 뛰어난 커피잔 세트라서 누구나 반할만하다.

나는 오랫동안 '네스프레소 시티즈'를 사용하고 있다. 나 같은 MD(소위 말하는 굿즈) 덕후가 네스프레소 순정 굿즈 정도 가지고 있는 건 당연한 일이다. 하지만 이 룽고 잔에는 눈물 없이는 들을 수 없는 사연이 있다.

딸아이가 유치원에 다니던 일곱 살 때의 일이다. 딸의 절친한 친구 집에 놀러 갔을 때 사건은 일어났다. 그 친구네는 이제 막 새집으로 이사했다. 거실 벽과 바닥은 고급스러운 대리석 느낌이 나는 폴리싱 타일로 마감하고 방들은 깨끗하게 도배했다. 워낙에 그 집 엄마(내 친구이기도 하다)가 깨끗하고 단정한 취향을 가지고 있어서 집이 얼마나 반질반질 깔끔한지 몰랐다. 우리는 그 집에 놀러 갈 때마다 이 동네 같은 평수 중 '동급 최강'이라며 부러워했다.

그 집에서 딸과 친구는 방에서 놀고 있고 나와 그 집 엄마는 거실에서 차를 마시며 담소를 나누고 있었다. 그러다가 너무 조용하길래(아이들이 조용하면 무섭다) 엄마의 날카로운 촉으로 방문을 열었다. 바로 그때 딸이 벽 한가운데에 볼펜으로 아주 크게 '사린'이라는 글자를 마무리하고 있었다. 오… 마이… 갓! 순간 내 머릿속에서 사회적 체면과 좋은 엄마 코스프레를 관장하는 실오라기 같은 끈이 툭 끊어졌다. 집에서 종이가 아닌 곳에는 절대로 낙서를 하지 않던 아이였다. 도대체 왜! 새로 예쁘게 도배해서 이사한 집 벽에다 낙서를 하고 있냐고! 이 깨끗한 집에 무슨 일을 벌인 건지. 정말 정신이 잠깐 나갔었다. 어쩔 줄 몰라 급히 미안하다고, 미안하다고 몇 번이나 사과하고 딸아이에게 화내고 혼냈다. 그 집 엄마는 괜찮다고 웃으며 이야기했지만 어떻게 괜찮을 수가 있겠는가.

이 상황에서 다시 아무 일도 없었다는 듯이 앉아서 이야기 나눌 수가 없었다. 얼른 짐을 챙겨 나왔다. 집으로 가는 길에도 끊임없이 혼내고 다그치며 이유를 물었다. 지금 생각해 보면 어떻게 우리 아이가 남의 집에 이렇게 큰 민폐를 끼칠 수 있는지. 그렇게 키운 나 자신이 용서되지 않았던 것 같다.

그때는 아이의 잘못은 곧 내 잘못이라고 자책하던 시절이었다. 아이에게 하는 칭찬은 곧 내게 하는 칭찬이며 아이가 일반적이지 않은 행동을 보일 때면 내 육아 방식이 틀렸다는 것을 증명하는 것 같아 괴로울 때도 있었다. 먼저 아이의 이야기를 들어주기보다는 그 순간의 내 육아 성적표가 더 걱정되는 마음이 컸던 것도 사실이다. 물론 어떻게 할 수 없는 아이의 기질을 부모와 동일시하며 아이의 문제 행동이 전부 부모 잘못이라는 주장이 팽배하던 시절이기도 했다. 태어나서 처음 엄마 역을 맡은 나는 그렇게 세뇌되어 있었다. 한참을 혼내면서 도대체 이유가 뭔지 물었을 때 딸은 이렇게 대답했다.

"새로 이사한 집을 예쁘게 꾸며주고 싶었어."

그러면서 엉엉 우는 것이었다. 속내를 알고 나니 심하게 다그치고 혼낸 것이 미안했다.

자신의 잘못을 충분히 알았을 것이고 예쁘게 꾸며주고 싶었다는 마음 또한 이해는 되었다. 낙서가 아니라 멋진 작품을 남겨 선물하고 싶었나 보다. 어른의 생각으로는 이해하기 힘들지만 아이의 마음으로는 그럴 수 있겠다 싶었다. 제일 친한 친구의 방을 제 손으로 꾸며주고 싶어서 커다랗게 '사린'이라고 쓴 것을 순수한 아이의 마음이라고 이해하고 받아들인다면 내가 너무 이기적인 엄마인 걸까. 나는 딸아이가 그렇게 말한 그 순간 그저 이기적인 엄마가 되어 버렸다. 그러나 그 친구의 이름은 '서린'이다. 새로 도배한 남의 집 벽에 낙서한 것도 모자라, 한글을 아직 완벽하게 깨치지 못해 이름까지 틀리게 쓴 것이다.

이모가 미안해, 서린아.

그 일 이후, 도배 집에 찾아가 도배하는 데 얼마나 드는지 알아보았다. 방 전체를 도배하기엔 큰일이고 한쪽 벽만을 위한 도배비를 내밀기에는 어정쩡한 금액이었다. 결국 그녀에게 백화점 상품권을 건넸다. 돈으로는 절대로 받지 않을 것 같아서였다. 그녀는 정말 괜찮다고 몇 번이나 사양했지만 나는 너무나 미안해서 얼굴도 제대로 쳐다보지 못했다. '이대로 우리 사이 어색해지는 건가. 슬프지만 어쩔 수 없는 일이지.'라고 생각했다. '맘카페'에서 아이 친구 찾는 댓글로 인연이 되어 딸이 4살 때부터 친하게 지내오던 친구였다. 새로 이사 온 동네에서 아이에게 친구를 만들어 주려고 만나 엄마에게도 친구가 생긴 바른 예였다. 둘은 만나자마자 취향이 비슷하다는 걸 알았다. 끌고 나온 유아차까지 똑같은 거였으니. 그런 친구와 멀어지는 것이 두려웠다. 하지만 저지른 일이 있으니 어쩔 수 없는 일이었다. 그 깔끔한 성격에 얼마나 속상했을까. 생각만 해도 이불킥이다. 돈으로 해결할 마음은 아니었지만 내가 할 수 있는 일이 없었다. 참으로 미안한 마음뿐이었다.

며칠 후, 그녀가 나에게 같이 네스프레소 부티크에 가자고 했다. 우리는 같은 네스프레소 시티즈 유저였고 한 번씩 백화점에 있는 네스프레소 부티크에 커피 캡슐을 사러 가곤 했다. 새로 나온 캡슐 커피도 시음하고 굿즈 구경도 했다. 나는 매번 저 예쁜 룽고 잔을 사고 싶다는 생각에 몇 번을 들었다 놨다만 하고 돌아왔다. 부티크에 들어서서 각자의 캡슐을 사고는 그녀가 룽고 잔 세트를 샀다.

"와, 드디어 사는 거야?"

내가 더 좋아하며 부러워했다. 누군가 물건 사는(이라고 쓰고 '지르는'이라고 읽는다) 장면을 보는 것도 꽤 재미있는 일이니까. 계산을 치르고 가게를 나서면서 그녀가 룽고 잔이 든 쇼핑백을 나에게 내밀었다.

"너 주려고 샀어. 받아."

"무슨 말이야? 이걸 왜 나 줘?"

"너한테 상품권 받고 이거 사주고 싶었어. 예전부터 갖고 싶어 했잖아."

"아냐, 절대 받을 수 없어. 도배 못 해줘서 대신 준 거야. 너무 미안해서 못 받아."

많은 사람이 오가는 백화점의 네스프레소 매장 앞에서 옥신각신했다. 사람들이 흘낏흘낏 쳐다보기도 했다. 사람들의 시선을 끄는 게 더 불편해서 결국 고맙고 미안하다 말하며 받아들었다. 분명히 우리 측의 과실로 인한 배상의 개념으로 건넨 백화점 상품권을 가해자를 위해 쓴다는 게 말이 안 된다. 머리로는 말도 안 되는 일이지만 저 룽고 잔은 내가 예전부터 정말 갖고 싶은 거긴 했다는 마음이 저 깊은 곳에서부터 스멀스멀 기어 나오기 시작했다. 그런 마음이 들었다는 것 자체가 정말 뻔뻔스러웠다. 내 얼굴이 화끈거렸다. 빚을 갚으려다가 빚을 더 낸 것이다.

그녀는 얼굴 붉히며 돌아서 버려도 할 말 없는 대형 사고를 훗날 웃으며 이야기할 수 있는 추억으로 만들어 주는 사람이다. 아직도 그녀의 집 벽에 크게 쓰여있는 '사린'을 보며 딸과 웃는다는 이야기를 특유의 기분 좋은 목소리로 전해준다. 모두들 맘카페에서 사귄 친구가 이렇게 절친이 되는 건 힘들다고 했다. 서울 사람은 다 깍쟁이라고 생각하던 부산 사람인 나는 그녀가 보여준 반전의 모습에 홀딱 반해 버렸다. 그 후로도 쭉 우리는 절친이다(그녀도 그렇게 생각하는지는 확실하지 않지만). 단정하고 똑똑하고 깔끔한 서울 여자인 그녀는 신동엽 뺨치는 순발력과 재치로 함께하는 사람들을 항상 기분 좋게 한다. 너그러운 마음과 여유로운 태도로 사람들을 대한다. 사람들은 그녀의 그런 매력에 가까이하고 싶어 하고 함께 어울리고 싶어 한다.

이 일을 겪으며 '나라면 어땠을까.'라는 생각을 많이 했다. 나는 과연 웃으며 괜찮다고 할 수 있는 마음의 여유와 넓이를 가졌나. 장담할 수 없다. 돌발 상황이었고 친한 사이라고는 하지만 그 순간은 표정 관리가 안 되었을 것 같다. 이후 나는 이런 어쩔 수 없는 상황이 생길 때마다 그녀의 행동을 떠올린다. 어떤 일이든 좋게 좋게 생각하고 이해하려고 노력하고 '그럴 수 있는 일'이라는 생각을 해보게 됐다. 그래서인지 항상 그녀에게는 내가 할 수 있는 한 제일 좋은 것을 구해다 주고 싶고 제일 맛있는 것을 사주고 싶다.

그렇게 내 손에 들어온 이 룽고 잔을 어떻게 휘뚜루마뚜루 쓸 수 있단 말인가. 고이고이 간직하며 아껴 쓰고 있다. 씻을 때도 특별히 조심조심. 오늘, 이 잔이 설거짓거리로 나와 있는 것을 보니 대단한 손님을 접대했거나 뭔가 기분 전환할 일이 있었던 것이다. 컵 욕심 많은 내가 그 정도로 가장 소중하게 여기는 잔이 바로 이 네스프레소 룽고 잔이다. 그녀의 마음이다. 나에게는 아직도 갚을 빚이 있다.

미니멀라이프의 최대 장애물

사은품 컵과 굿즈 개미지옥

축 늘어져 있다가 오후 3~4시가 되면 벌떡 일어나 거실을 주섬주섬 치우기 시작한다. 늘어놓은 책과 옷가지들을 정리하고 청소기를 돌린다. 거실과 공부방을 치우고 혹시 모르니 화장실 청소도 한다.

퇴근한 남편이 한마디 한다.

"오늘 왜 이렇게 깨끗해? 아… 학습지 선생님 왔다 가셨구나!"

오! 역시 예리한 사람. 그렇다. 오늘은 딸아이의 방문 학습지 선생님이 오신 날이다.

학습지 수업이 있던 날에는 반드시 브라운색의 작은 컵이 설거지통에 담겨 있다. 맥심 모카골드 커피 믹스를 사고 받은 거다. 사은품이라고 무시하면 안 된다. 내가 이 컵으로 6인조 세트를 만들기 위해 얼마나 많은 커피 믹스를 마셔야 했던가.

어느 날, 마트에 갔더니 인스턴트커피를 파는 코너에서 아주 짙은 브라운색의 손잡이가 달린 작은 컵이 사은품으로 붙어있는 커피를 봤다. 커피 믹스 한 잔, 딱 맛있게 마실 수 있는 크기. 완벽하게 내 취향의 색과 모양이었다. 갖고 싶어 견딜 수가 없었다. 한 통을 사 들고 와서 뜯어 사용해 보니 더 마음에 쏙 들었다. 또 꿈틀댔다.

'이건 세트로 만들어야 해. 손님이 왔는데 누군 이 컵에 주고 누군 저 컵에 줄 수는 없잖아? 적어도 6개는 돼야 해. 4개

로 세트를 만들었다가 5명이나 6명이 오면 어떡해?'

별별 핑계를 다 대며 컵 수집에 들어갔다. 남편과 나는 주로 아메리카노를 마신다. 잘 마시지도 않는 인스턴트커피를 컵 때문에 계속 사냐고 불평하던 남편의 말에 굴복하지 않고 이 브라운색의 컵을 하나씩 손에 넣어 6개를 모았다. 드디어 6인조 세트를 완성했던 날, 나는 마치 대학생 때 두 손 두 발 다 써가며 기어서 겨우 올라간 제주 성산일출봉의 정상에서 느낀 희열과 같은 성취감을 느꼈다.

처음에는 학습지 선생님께 캡슐 커피 기계로 내린 커피를 드렸다. 방문 선생님들은 여러 집에서 음료를 마시기 때문에 화장실 문제로 보통 커피를 남기거나 잘 안 드신다는 것을 나중에 알았다. 그러나 우리 선생님은 베테랑답게 아주 거리낌 없이 말씀하셨다.

"어머님, 저는 이런 커피보다 다방 커피가 더 좋아요. 호호."

드디어 내가 그동안 열심히 모아둔 브라운 컵이 다른 사람 앞에 데뷔할 때가 왔다. 그때부터 학습지 선생님이 오시면 늘 내 열정의 결정체인 짙은 고동색 사은품 컵에 커피 믹스를 맛있게 타서 내드렸다. 그러면 남기지 않고 끝까지 마시고 가셨다.

직장 다닐 때는 커피 믹스를 하루에 3잔 이상씩 마셔댔지만,

언제부터인가 커피 믹스는 손님용으로만 사다 놓았다. 나도 어쩌다 한 번씩 너무 피곤하거나 짜게 먹은 날은 커피 믹스를 마시고 싶어진다. 그럴 때는 커피 믹스의 짝꿍인 종이컵에 마셔야 제격인데 종이컵이 집에 없을 때가 많다. 그때 내 브라운색 컵은 종이컵만큼이나 제 일을 확실히 해 낸다. 종이컵과 거의 같은 크기이기 때문에 물 맞추기도 쉬워 다른 컵으로 마실 때보다 훨씬 맛있다. 꼭 맥심 모카 골드 커피 믹스 광고 속에 나오는 여배우처럼 우아하게 마시고는 잔을 내려놓으며 흐뭇하게 바라보기도 했다. 왠지 모를 뿌듯함에 그 어떤 명품 컵보다 제 임무를 잘 끝낸 컵을 부지런히 씻는 것으로 칭찬해 줬다.

나는 사은품에 약하다. 특히나 컵이 붙은 경우에는 그냥 지나칠 수가 없다. 우리 집에는 각종 브랜드에서 사은품으로 나온 맥주컵이며 커피잔이 있다. 사은품이기에 꼭 한 개씩만 들어가 있다. 오지도 않는 손님을 위해, 남편과 둘이 같이 마실 때를 대비해야 한다며 두 개 이상을 갖춰야 하니 두 세트 이상을 사게 된다.

가장 공격적으로 사은품 컵을 묶어 파는 맥주 회사를 견뎌낼 자신이 내게는 원래부터 없었다. 수납장에는 사은품으로 받은 맥주잔들이 태생의 예민함으로 깨질까 서로를 경계하며 아슬아슬하게 줄지어 있다.

좋은 향이 나는 '호가든', '에델바이스', '1664블랑' 같은 맥주를 마실 때는 미리 브랜드별 전용 잔을 준비해 놓는다. 반드시 먼저 한 모금 정도 따르고 나서 맥주캔을 살살 돌려가며 가라앉아 있는 풍미를 마지막까지 끌어모은다. 그다음에 전용 잔에 딱 맞게 가득 따라 마셔야 제대로 마시는 기분이 든다. 딱 맞추어 잘 따르기 위해서는 조금의 기술이 필요하다. 일본 맥주 중 청량한 라거 계열의 '에비스'나 '아사히'에서는 일반 맥주잔보다 조금 작은 전용 잔이 나올 때가 있다. 군더더기 없는 디자인의 아담한 잔은 입술에 닿는 유리 부분이 얇아서 맥주가 입안으로 들어올 때의 느낌이 깔끔하다. 일본의 식당에서 처음 맥주를 시켰을 때 한국보다 작은 컵이 나와서 신기하기도 하고 귀엽기도 했다. 바로 그 잔이 아사히 맥주에 사은품으로 붙어 있었다. 그때 생각이 나서 맥주는 작은 잔에 따라서 마시기 시작했는데 이젠 그게 당연한 게 되어 버렸다. 중국 맥주인 '칭따오'는 일본 맥주 사은품보다 더 작은 전용 잔이 사은품으로 나올 때가 있다. 일본 맥주잔은 얇아서 입술에 닿는 느낌이 좋다면 칭따오의 전용 잔은 작은데 두꺼워서 깨질 염려 없이 듬직하다. 아주 튼튼한 유리로 되어 있고 칭따오의 마크나 로고가 두툼하게 양각되어 있다. 칭따오를 마실 때는 그 작은 잔으로 꼴딱꼴딱 마실 수 있어서 재미있다. 유리잔이 두꺼워 가끔 따뜻한 음료를 부어 마실 때도 있다.

서울에서 친구와 분위기 좋은 레스토랑에서 저녁 식사를 한 적이 있다. 거기서 벨기에 맥주인 '스텔라'를 2+1로 주문하면 전용 잔을 준다고 했다. 이 기회를 놓치지 않는 나는 당연히 그렇게 주문하고 그 잔은 내가 가지고 왔다. 입술이 닿는 부분에 금색 테두리가 둘러져 있고 맥주가 담기는 보울 부분이 길쭉하며 손잡이 스템이 짧지만 볼록하게 부풀어 있어 와인잔처럼 예쁘게 생긴 스텔라 잔을 뿌리칠 수 없었다. 고속버스를 타고 그 예민한 잔이 깨질세라 고이고이 집에 모셔 온 후에 몇 번 사용하지도 못했는데 설거지하다가 실수로 깨뜨리고 말았다.

그 외에 이름도 제대로 읽을 수 없는 수입 맥주 전용 잔을 이것저것 많이도 사다 모았다. 한창 수입 맥주가 유행할 때 외국 영화에 나오는 펍에서 무심코 툭 내밀어주던 두툼하고 큰 맥주잔이나 유려한 곡선이 우아하고 새초롬한 맥주잔들이 6개들이 번들로 구매해도 딱 하나씩만 들어있다. 그러면 꼭 짝수로 들여야 하는 나는 한 세트 더 혹은 세 세트를 더 사야 했다. 마케팅이나 홍보하는 사람들은 나 같은 호구 때문에 밥 굶을 걱정이 없겠다고 남편은 놀려댔다.

카페나 베이커리 커피잔들도 당연하게 우리 집 수납장 속에

빼곡히 들어있다. 오리지널리티를 뽐내는 굿즈라면 대형 프랜차이즈 카페부터 동네 작은 카페의 것들까지 편견 없이 데리고 왔다.

추석에 고향으로 출발하기 전 가족 선물로 미리 주문해 놓은 빵을 가지러 '이성당'에 갔다. 내가 사는 도시의 이 빵집이 전국적으로 유명하다고 했다. 그런 빵집에서 레트로 마니아들에게 인기를 얻고 있는 밀크글라스 손잡이 컵을 굿즈로 내놓은 것을 발견하고는 기뻐서 지갑을 마구 열어젖혔다. 밀크글라스는 1930~1940년대에 미국에서 대유행을 하고, 1970년대, 우리나라에서도 널리 사용한 식기다. 말 그대로 우윳빛깔의 불투명한 유리로 만들어진 접시나 컵들이 집집마다 식탁 위에 차려졌던 때가 있었다. 요즘은 그 시대의 빈티지 물건보다는 새롭게 생산되는 것들이 레트로 열풍을 타고 여기저기 보인다.

그래도 그렇지, 빵집에서 밀크글라스라니! 여기다 우유를 부어 마시면 더 고소할 것 같은 기분. 그 우유와 함께 먹는 단팥빵은 더 달콤할 게 분명하다. 우유 유리병에 풀이 꽂혀있는 목가적인 일러스트와 '이성당 과자점 1945'라고 심플하게 인쇄되어 있어 '동네 빵집 굿즈 클라스 보소.'라고 여기저기 자랑하고 싶은 마음이었다. 일단 기본적으로 내가 쓸 것 두 개와 예전부터 밀크글라스를 찾아 헤매는 어린 양 친구를 위해 한 개를 샀다. 가득 진열되어 있지만 아무도 관심을 주지 않길래 여유 있겠다 싶어 다음에 더 사려고 했는데 어느 순간 사라졌다. 역시 '다음에 사야지 하면 품절이니라.'라는 어느 쇼핑계 성인의 말은 진리였다.

갑자기 고백하자면 나는 한때 스타벅스(이하 스벅)의 노예였다(과거형입니다). 처음 스벅을 만난 건 일본에서 공부할 때였다. 아직 서울에만 스벅이 있던 시절이었는데 도쿄에는 편의점처럼 여기저기 있었다. 대학교 앞 커피숍에서 원두커피냐 맥심이냐를 고르던 시절이었다. 도쿄에서 길가다 흔하게 만나는 스벅에 들어가 시럽 없는 '아이스 라떼'를 마시면서 커피의 맛에 빠져들었다. 처음 도쿄의 '텐노즈 아일'역에서 벚꽃 그림이 그려진 텀블러를 샀다. 텀블러가 왜 필요한지도 몰랐던 20여 년 전, 나와 남편은 텀블러를 사니 커피 쿠폰이 한 장 들어 있는 스벅의 상술에도 신기해하며 야외에 앉아 커피를 마셨다. 스벅의 텀블러를 보면 항상 제일 처음 샀던, 핑크가 선연하던 벚꽃이 이제는 누렇게 변해버린 그 텀블러와 그 야외 테이블이 자동 재생된다. 스벅의 굿즈를 자꾸 샀던 건 그때를 자꾸 떠올리고 싶어서인지도 모르겠다. 그렇게 만들어진 스벅의 노예는 주인님이 창조하신 각종 굿즈를 구하기 위해 사방팔방 발품을 팔고 인터넷 검색을 했다.

스벅에 리워드라는 제도가 처음 생겼을 때는 별 모으는 재미에 신났다. 리워드 제도는 음료 한 잔을 사면 별을 하나 주는 시스템이다. 일정 기간 안에 회사가 원하는 만큼의 별을 모으면 골드 회원이 되는 거다. 지금은 모두 앱으로 결제하고 별도 받고 하지만 예전에는 스타벅스 전용 충전 카드를 사용했다. 골드회원이 되면 금색 카드에 원하는 이름을 새겨서 집으로 보내주었다. 그 골드카드를 갖기 위해 열심히 마셔댔다. 그리고 골드를 유지하기 위해 또 마셔댔다. 그러다 보니 자연히 충성심이 깊어졌고 거기서 나오는 각종 컵이나 코스터, 머들러(음료를 섞을 때 쓰는 도구), 텀블러 등을 갖고 싶어서 사고 또 샀다. 커피용품 굿즈들이 상자 가득 들어 있지만 아까워서 쓰지도 못하고 묵혀두고 있다. 아무리 굿즈는 아까워 사용하지 못하고 소장하는 것에 의미를 둔다고 하지만 너무 오랫동안 소중히 묵히다 보니 존재 자체를 잊어버릴 정도가 되었다.

내가 스벅의 굿즈를 좋아하는 것을 아는 남편은 제주도에 출장 갈 때마다 제주도 매장에서만 판매하는 제주도 한정 스벅 굿즈를 내 선물이라며 사 왔다. 제주 하늘을 닮은 바탕색에 노란 유채꽃이 수놓아져 있는 양산, 연보라색 제주 곱들락 종

달리 수국 자수 에코백 등을 통해 스벅이 생각하는 제주를 공유할 수 있었다. 그래도 럭키박스나 한정 굿즈를 사기 위해 오픈런을 해본 적은 없다. 게으름을 피운 걸 보면 매장 오픈 전부터 기다릴 정도의 열정은 없었나 보다. 놓친 것에 늘 아쉬워만 할 뿐.

여름에 집에서 아이스 커피를 마실 때는 역시 스타벅스 'TO GO' 유리컵에 마셔야 제맛이다. 스타벅스의 테이크 아웃 잔처럼 가운데에 커다란 세이렌 마크가 있고 눈금이 그려진 두껍고 큼직한 유리컵이다. 잘 따르면 500ml 맥주 한 캔이 거뜬히 들어가기 때문에 종종 맥주잔으로도 사용하기도 한다.

처음 매장에서 이 컵을 보고 나는 첫눈에 반했다. 나에게는 컵이나 식기류는 짝수로 사야 하는 강박이 있다. 당연히 두 개를 구매하려고 문의했더니 딱 하나만 남았다고 했다. 아쉬움을 뒤로 하고 다른 매장을 돌아보기로 했다. 나만큼이나 스벅 굿즈를 좋아하는 동네 커피 메이트 언니와 주변 매장을 뒤지기 시작했다. 언니는 나보다 더 간절해 보였다.

가까운 곳부터 시작해서 별로 수요가 없을 것 같은 동네의 매장이나 더 외곽의 바닷가 매장까지 찾아가 봤다. 그러나 내 눈에 예뻐 보이면 남의 눈에도 예뻐 보인다는 것을 간과했다. 결국 컵은 내가 살던 주위의 모든 매장에서 품절이었다. 아뿔싸.

"언니야, 너무 구하기 힘든데 그냥 하나로 만족할까?"

"야, 깨질지도 모르는데 1개는 아니지. 무조건 2개 이상은 있어야 된데이."

아. 이 언니는 나보다 한 수 위구나. 결국 지방으로 출장 가 있던 남편에게 부탁하기로 했다.

"오빠야, 회사 근처 스벅에서 투고컵 좀 사다 주라. 여긴 다 품절이란다."

"그게 뭐고? 여기라고 있겠나."

"그래도 거기는 여기보다 굿즈 경쟁이 좀 덜할 것 같아서."

"알았다. 일단 사진이랑 정확한 이름 알려도. 물어볼게."

"응, 땡큐."

다음날 남편에게서 전화가 걸려 왔다.

"여기 왔는데 몇 개 필요한데?"

"어! 있나? 내 것 하나하고 A 언니 것 2개해서 총 3개. 3개가 힘들면 2개라도."

며칠 후 남편이 집으로 돌아와서 전쟁터에서 가져온 전리품마냥 당당하게 투고컵 3개를 꺼내 놓았다.

"우와! 이 어려운 걸 해냈네! 역시 대단하다."

"내가 매장에 들어가서 그거 달라고 하는데 뒤에 또 사러온 사람 있더라. 얼른 달라고 해서 나왔잖아."

"잘했다, 잘했다. 최고다, 최고! 오빠야가 스벅 컵 사는 거, 다 이해해 주는 사람이라서 진짜 다행이다. 귀찮게 한다고 한 소리 하는 사람들도 있을 텐데."

칭찬은 고래도 춤추게 한다고 하지만 진심으로 한 말이다. 내가 굿즈를 사 모으는 것에 대해 존중해 주고 적극 지원을 아끼지 않는 남편이 참 고마웠다.

얼마 후 매장에 또 투고 컵이 풀렸다. 그 컵을 찾아 헤맨 것이 무색할 정도로 쉽게 두 개를 더 추가 구입할 수 있었다. 깨져도 걱정 없게 안정적으로 컵을 확보한 후에는 집에서 매일 매일 그 컵으로 아이스 아메리카노도 내려 마셨다(그렇다고 해서 바깥 카페를 가지 않은 것도 아니다). 뜨거운 여름에 누군가 우리 집을 찾는다면 나는 시원한 '아아(아이스 아메리카노)'를 늘 이 컵에 낸다. 친구를 초대해서 아아를 대접하기도 하고 컵이 잘 나오게 사진을 찍어서 SNS에 자랑도 했다. 어린이 손님이 왔을 땐 이 컵에 얼음을 담아 오렌지 주스를 따른다. 큰 유리컵이지만 튼튼하기 때문에 아이들이 잡고 마셔도 전혀 불안하지 않다. 이 컵에 차가운 음료가 찰랑찰랑 담긴 걸 볼 때마다 욕심부려 이 컵을 손에 넣길 잘했다며 스스로 뿌듯해한다.

얼마 전부터 미니멀리즘이 현대인들의 세련된 생활 문화로 자리 잡아가고 있다. 필요 없는 물건을 버리는 것이 아니라 정말 필요한 물건만 남기는 것. 나는 그 문화에 따라가려고 노력은 했지만 결국 맥시멀리스트로 살고 있다.

작지 않은 수납장에 물건이 차고 넘친다. 버려도 버려도 어디선가 끝없이 나온다. 언제 이렇게 많은 물건들을 사다 놓고 수납장 곳곳의 구석에 처박아 놓은 건지. 정리하다 보면 쓰지도 않은 새 물건은 당연히 있고, 집에 있는 걸 또 사놓은 것도 있다. 나는 '물욕'은 가졌지만 '정리욕'은 없다.

다행히 정리욕을 가진 남편이 한 번씩 날 잡아 정리를 한다. 그러면서 나에게 사은품으로 받은 컵들을 다 버리자고 했다.

"내가 어떻게 모은 건데. 아까워서 안 된다."

"제대로 돈 주고 산 컵도 못 쓰고 있는 마당에 사은품으로 받은 것들까지 떠받들고 살 수는 없다아이가."

남편의 주장도 일리 있어 계속 망설였다. 여기서 정리하지 못한다면 나는 사은품 개미지옥에서 벗어나지 못할 것 같았다. 끊임없이 본품보다 사은품에 정신이 팔려 닥치는 대로 모을 것이 분명했다.

'그래! 정리하자. 더 이상 물건에 의미를 두지 말자.'

하지만 그게 어디 말처럼 쉽나. 어느새 사은품이 정리된 자리에는 또 다른 사은품이 쓰임 받기 위해 조용히 앉아 있다.

기다려, 곧 데뷔시켜 줄게.

그들만의 리그

컷코

딸아이 소풍날 아침의 주방은 전쟁이 휩쓸고 지나간 자리 같다. 폭격기를 맞은 것처럼 각종 볼과 주걱 같은 주방용품들이 다 나와 뒤엉켜 있고 밥풀과 남은 김밥 재료들은 여기저기 흩어져 있다. 재료를 썰었던 식칼, 김밥을 두세 줄씩 한꺼번에 자를 수 있는 빵칼, 과일을 깎은 과도 등 온갖 칼이란 칼들은 다 나와 있다.

아이를 키우며 몇 년간 소풍 도시락을 쌌지만, 여전히 적응되지 않는다. 소풍날은 늘 긴장되고 분주하다. 새벽 기상으로 인한 피곤함까지 더한다. 허둥지둥 챙겨 보내고 나면 전장에 홀로 남은 장군이 된다. 잘 싸웠다. 커피를 한 잔 내려 혼자서 승리의 축배를 든다. 정신을 차리고 슬슬 치우면서 유난히 많이 나와 있는 하얀 손잡이의 칼들을 보니 그때 생각이 가만히 떠오른다.

"언니, 컷코 매니저님 오셔서 시연회 하니까 꼭 오세요."

동네 친한 동생한테서 연락이 왔다. 옳거니! 드디어 컷코를 내 눈으로 직접 보는 기회가 생기는구나.

'컷코'는 70년 전통 미국 주방용품계의 샤넬이라고 누군가 말했다. 그냥 매장에 가서 살 수는 없고 방문판매로만 살 수 있다. 보통 서너 명을 모으면 방문판매 담당자(매니저)가 칼 세트를 가지고 와 시연을 한다.

그릇이나 주방용품을 좋아하는 사람들이 모인 인터넷 카페에서 종종 봐 왔었기에 비싼 칼이라는 것은 이미 알고 있었다. 도대체 그 칼이 뭐길래 그렇게 다들 부러워하며 사고 싶어 하는 걸까. 나는 이미 호기심을 넘어서 조건이 괜찮다면 살 수도 있다는 각오였다. 내가 이 정도의 생각을 한다는 것이면 뭐 그날 결제는 확정이라는 말과 동의어다. 귀가 너무 얇아 아기 코끼리 덤보의 귀처럼 펄럭펄럭거린다.

늘 '그냥 상담만 해야지.' 하고 갔는데, 나도 모르게 지갑을 열고 카드를 꺼내고 있는 내 모습에 흠칫흠칫 놀란다. 나약한 인간.

그날의 시연은 성공적이었다. 칼의 성능과 재질은 당연히 최상품이었다. 거기다 둥글넓적하게 생겼는데 한쪽에만 칼날이 있어 자를 수도 있고 잼을 펴 바를 수도 있고 뒤집개로도 쓸 수 있는 만능 칼, 김밥 서너 줄을 한꺼번에 자를 수 있는 빵칼, 육류용 길고 뾰족한 톱니 칼, 수육 썰 때 쓰면 좋다는 길쭉한 삼지창을 가진 터닝 포크. 그중에 동전까지 잘리는 가위의 등장에 우리는 미국 홈쇼핑 관객처럼 "오!", "와!"를 연신 외쳐댔다. 시연회에 참석만 해도 준다는 미니 톱니 칼과 사은품까지 알뜰하게 잘 챙겼다.

그때까지 나는 단 하나의 칼만 썼다. 친구와 부산 국제시장에서 구입한 독일제 톱니 과도. 그것 하나로 채소도 자르고 고기도 자르고 빵도 잘랐다. 전혀 불편함 없이 살고 있었는데 그날 수많은 칼의 존재와 식재료에 따라 칼을 바꿔 써야 한다는 사실들을 알고 신기하기도 하면서 무지했던 내 모습이 조금 부끄러웠다. 또 그 병이 도졌다.

'저 칼 세트들만 있으면 나는 최고의 요리사가 되어 가족들에게 진수성찬을 차려줄 수 있을 거야.'

시연회를 연 동생에게 조언을 얻어 꼭 필요한 것들이라고 세뇌한 아이템들로만 구성해서 세트를 구매했다. 매니저는 합리적인 가격이라고 했지만, 나에게는 아주 고가의 칼이었다.

그 당시 우리는 먹고 사는 데 불편하지 않을 정도였지 비싼 칼을 덥석 사들일 만큼 넉넉하지는 않았다. 굳이 없어도 되는 칼이었다. 하지만 주방계의 샤넬이 나에게 어떤 즐거움을 줄 것인지 너무나 궁금했다. 저것들을 내 손에 넣어 나도 '컷코' 쓰는 사람이 되고 싶었다. 그들만의 세계에 들어가고 싶었다. 다시 도진 그 병의 이름은 '그들만의 리그'였다.

처음에는 TV만 켜면 연예인들이 내가 산 그 칼 세트를 쓰고 있었다. 마침 요리, 미식이 대유행하던 시기였다. 그 칼들을 보며 '나도 저거 쓴다고. 거봐, 내 선택이 옳았어.'라며 다 협찬인 것을 알면서도 속물적인 뿌듯함으로 가득 차 있었다. 나는 어릴 때부터 '그들만의 리그'를 동경했다. 고급 브랜드들을 다룬 잡지들을 즐겨 봤고 재벌이 나오는 드라마들을 좋아했다. 화려한 그들의 삶에 나를 끼워 넣는 상상을 했다. 커서는 남들이 하는 것들을 해보고 싶었고 남들이 가진 것들을 가지고 싶었다. '나라고 못 할 것 있나? 못 가질 것 있나?' 하는 생각에 조금 무리를 해서라도 하거나 가지고야 말았다.

그 마음이 아이를 키우면서 더 드러나기 시작했다. 좋다는 고급 교육을 다 받아 보게 하고 싶었다. 100일 때부터 고가의 전집, 각종 브랜드의 놀이 미술, 야마하 음악 교실과 사고력 수학 등. 일주일에 한 번 있는 수업에 아이를 데리고 가서 교실에 들여놓고 밖에 앉아서 엄마들과 수다를 떨었다. 그러면서 얻은 새로운 정보를 따라 또 찾아가 봤다.

아이를 키우며 딱히 외출이나 이벤트가 없던 생활에 학원이나 교육시설 방문은 설렘을 주고 기분 전환이 되었다. 마치 쇼핑하듯이 새로 생겼다는 학원들을 순례했다. 아기자기하고 세련된 공간에서 아이가 무언가를 그리고 만들고 조작하는 수업을 받는 장면을 상상하기 시작하면 이 교육은 반드시 필요한 것이 되어 버렸다.

딸은 그때부터 자신이 싫어하는 일을 해야 할 때는 배가 아프다고 했다. 그럴 때마다 병원에 가서 '가스가 찼다.', '스트레스성이다.'라는 이야기들을 들었다. 유치원생이 엄마에게 반항할 수 있는 최대치가 배 아픈 것이었다. 나는 취해 있었다. 유행하는 교육을 시키면서 제대로 좋은 엄마의 역할을 하고 있다고 착각하고 있었다. 나의 허영심에 아이의 마음을 제대로 보지 못한 것이었다. 나약한 자는 욕망과 허영심에 잠식된다.

결국 남편에게는 칼을 샀다는 말을 못 했다. 12개월 무이자 할부 혜택을 받아 산 그 칼은 할부금이 끝날 때까지 내 마음을 조마조마하게 했다. 싱크대 구석에 칼 블록 세트를 놓아두고 각종 칼들을 주르륵 꽂아 두었지만, 남편은 별 관심이 없었다. 남편의 상식에는 칼이 그렇게 비싼 것이라고 생각도 하지 못하고 있을 것이다. 그저 '자주 뭔가를 사들이는 공동구매 카페에서 샀겠지.' 싶은 것 같았다. 물어보지도 않기에 굳이 말하지도 않았다. 이 글을 보면 알게 되겠지만 남편은 이 글을 읽지 않을 것이다. 그러므로 지금까지도 모를 것이다.

한참이 지나도 남편에게 들키지 않으니 조금 더 대담해졌다. 내가 조금씩 모은 용돈으로 커트러리 세트까지 들였고 최근에는 한정품으로 나온 빨간 손잡이의 채소 칼을 추가했다.

지금도 그 칼들을 잘 쓰고 있다. 몇 년 동안 한 번도 안 쓴 칼도 있고 매번 잘 쓰고 있는 것도 있다. 대를 물려 쓴다는 그 칼을 볼 때마다 과연 그 시절 왜 그렇게까지 갖고 싶어 했던 걸까, 그저 나의 허영심으로 가득 찬 호기심이었던 것일까 궁금해하기도 한다. 결론은 늘 잘 쓰고 있으면 됐지, 뭐. 그저 단순하게 생각하기로 한다.

외로웠다

스타우브 베이비웍

그날 저녁의 나는 확실히 허둥대고 있었다. 학원에서 늦게 돌아온 딸아이에게 저녁을 먹이기 위해 서둘러 움직였다. 뭐 그리 대단한 걸 해 먹지는 않지만 저녁 식사 준비에 허리는 아프고 다리는 퉁퉁 붓고 있었다. 분명 그랬다.

식사를 준비하는 시간은 오래 걸리지만 먹는 건 금방이다. 이제야 겨우 의자에 좀 앉아 먹나 싶은데 벌써 식탁을 치워야 하는 시간이다. 나의 노고를 오래오래 생색내고 싶어져 심통이 생긴다. 그래서일까. 나는 밥을 아주 천천히 먹는 편이다. 앉자마자 후딱 먹고 일어나고 싶지 않다. 특별히 기름때로 끈적거리는 테이블 위에 음식을 내려놓는 식당을 제외하고는. 이제 다 먹은 후 치우고 설거지해야 하는 시간이 돌아왔다. 이놈의 설거지. 나는 "어이쿠." 하며 일어나 주섬주섬 치우기 시작했다. 빈 그릇은 착착 포개고 수저는 그러모아 한꺼번에 싱크대 설거지 볼 속에 넣는다. 유리컵들은 깨지지 않게 제일 위에 놓는다. 먹은 양보다 음식물 쓰레기가 더 많을 때도 있다. 그럴 때는 맥이 풀린다.

이렇게 저렇게 사사삭 치우며 왔다 갔다 하다가 행주가 필요해 찾았다. 아일랜드 식탁 위에 행주가 있었다. 그 행주 위에 뭐가 있는지 조심하지도 않고 잡아당겼다.

"파사삭!"

큰 소리와 함께 내가 아끼는 '스타우브 베이비웍'의 유리 뚜껑이 말 그대로 박살이 나버렸다. 강화 유리로 만들어진 뚜껑이라서 그런지 아주 작은 유리 조각들로 분해되어 버렸다. '뭐 어떻게 붙여서 써 보겠다는 생각은 하지도 마!'라고 하는 듯이. 너무 놀란 나는 그 자리에 얼어붙은 것처럼 서서 내려다보고만 있었다. 순식간에 일어난 일이었다. 다행히 발은 다치지 않았다. 내 발등에 저 두꺼운 유리 뚜껑이 떨어졌다면… 으…. 생각도 하기 싫다.

"오빠야!"

나는 남편을 다급히 불렀다. 확실히 변했다. 예전 같으면 남편은 바로 달려와 괜찮냐며 싹싹 치워주었을 텐데 깨지는 소리가 들렸는데도 그냥 앉아 있었다. 내가 재차 부르자 일어나 와서 치우기 시작했다. 조심 좀 하지 그랬냐는 잔소리와 함께.

그 순간에는 잔소리나 내 발은 중요하지 않았다. 내 스타우브 베이비웍이 아까워 어쩔 줄 몰랐을 뿐이다. 우리 세 식구 한 끼 해 먹기에 딱 좋은 크기이기 때문에 내 손을 제일 많이 탄 냄비였다. 베이비웍은 중국집의 웍처럼 생겼지만 아주 작다. 달걀찜은 언제나 그 작고 귀여운 무쇠 냄비에다 만들었다. 알밥을 담아내기도 하고 누룽지나 된장찌개를 끓일 때도 있다. 한 사람분의 음식이라면 뭐든 담아내기 안성맞춤이다.

깨져 버린 베이비웍 뚜껑을 보니 처음 군산으로 이사 왔을 때가 생각났다. 그때의 나는 이사를 오고 나서 무엇엔가 홀린 듯이 그릇들을 사들였다. 매일 살림과 예쁜 그릇들로 소통하는 커뮤니티 카페에서 남들이 가지고 있는 새로운 아이템들이나 공동구매 품목을 보며 "어머, 이건 반드시 사야 해."를 외치며 재빠르게 클릭하고 입금을 해댔다. 선착순에 들려고 노력했고 택배 박스는 쌓여갔다. 지나고 보니 반 이상이 그냥 예쁜 쓰레기들이었지만 말이다.

스타우브 베이비웍도 그렇게 장만했다. 그것도 두 개나. 매장보다 훨씬 싼 가격에 공동구매가 올라왔기에 이런 건 쟁여야 한다는 생각뿐이었다. 내 손에 베이비웍이 들어왔을 때 그 귀여움에 감탄했던 것이 생각난다. 앙증맞은 외모와는 다른 무쇠의 묵직함. 그 당시 살림 좀 한다는 사람들 사이에서 핫한 아이템이었다. 나도 그런 요리 잘하는 사람으로 만들어 줄 것 같았다. 그렇게 내게 온 '베이비'는 달걀찜만 열심히 만들어댔다.

그때는 왜 그렇게 그릇이며 주방 집기들에 집착했을까. 나는 원래 살림을 잘하는 사람도 아니고 좋아하지도 않는다. 부족함 없을 만큼의 주방용품들은 갖추고 있었다. 그래도 끊임없이 별별 핑계를 대며 주문을 해댔다.

외로웠다. 그래, 지금 생각해 보면 그때는 외로워서 그랬다. 처음으로 정말 생각지도 못한 곳에 이사를 왔다. 남편은 눈뜨면 일하러 나가 저녁에 들어왔다. 일곱 살 난 딸은 유치원 친구들이랑 헤어졌다고 매일매일 우울해하며 짜증을 부리고 있었다. 나는 새로운 동네에 적응하기 위해 딸이랑 산책도 하고 싶었는데 모르는 동네에는 한 발짝도 나가기 싫다며 극구 거부를 했다. 예민한 성격에 한번 고집부리기 시작하면 답이 없는 걸 알기에 마음이 풀릴 때까지 기다리는 수밖에 없었다. 매일 놀던 친구들과 헤어진다고 얼마나 서럽게 울어댔는지 모른다. 그 마음의 상처를 잘 알기에 하루 종일 TV만 보더라도 그냥 내버려 둘 수밖에 없었다.

나도 외로웠다. 나도 친한 친구들, 가족들과 너무나 멀리 떨어져 버렸다. 이사를 계획할 때는,

"그래, 세상 어디나 사람 사는 데는 똑같아. 가서 정붙이고 살면 다 고향 되는 거야."

하고 의연하게 받아들였지만, 막상 헤어지는 과정은 여전히 어려웠다. 이사 와서도 끊임없이 SNS로 소통은 했지만 채워지지는 않았다. 그 빈구석을 물건으로 채웠다. 그렇게 모은 예쁜 그릇들로 상을 차리고 사진을 찍어 단톡방에 공유했다. 남들

눈에는 단순한 자랑질처럼 보이겠지만 '나는 여기서 혼자서 도 씩씩하게 잘살고 있어.'라는 메시지를 보내고 싶었나 보다. 그날 저녁, 베이비워 뚜껑이 깨지면서 깨달았다. 내가 이고 지고 살고 있는 이 그릇들은 내 외로움이었다는 것을. 나는 외로움을 잘 느끼지 못하는 성격이라고 생각했는데 그 외로움을 나만의 방식으로 달래주고 있었다는 것을. 나도 나름대로 새로운 곳에 적응하려고 애쓰고 있었구나. 아는 사람 하나 없는 이곳에서 웃으며 지내려고 노력하고 있었구나.

유리 뚜껑이 깨져버린 베이비웍은 그냥 수납장에 들어앉은 채로 있다. 예전 같으면 뚜껑을 산다고 인터넷을 뒤지든지 매장을 찾았겠지만, 이제는 그러지 않는다. 없어도 그만이다. 그러고 보면 요즘은 그릇이나 컵을 보며 딱히 사고 싶다는 생각을 하지 않는다. 이제는 이곳에 스며들어 적응한 것일까. 외롭지 않은 것일까. 앞으로 또다시 그릇들을 사 모을 날이 올지도 모른다. 그렇지만 오늘은 아니다. 남은 설거지나 마저 끝내야겠다.

내 이야기 들어보실래요?

밀폐형 반찬통

저는 반찬통이에요.

그것도 뚜껑 네 면에 잠금장치가 있고 고무 패킹으로 둘러져 있어요.

일명 '락앤락형 반찬통'.

주인이 제일 씻기 귀찮아하는 식기죠.

생각해 보세요. 아무래도 그렇죠. 저의 울퉁불퉁 튀어나와 있는 잠금장치가 제 몸에 덕지덕지 붙어있어 구석구석 수세미로 닦아야 해요.

게다가 밀폐력을 높이려고 넣어 둔 고무 패킹은 조금만 소홀히 해도 금방 곰팡이가 슨다네요.

주인은 기본적으로 설거지를 싫어해요.

물론 이 집 저 집 돌고 돌아다니는 떠돌이 반찬통들의 이야기를 들어보면 설거지를 좋아하는 사람은 없구나 싶어요. 그래도 그렇지, 주인은 저를 씻는 걸 너무 귀찮아해서 제가 섭섭할 정도예요. 사실은 저도 다른 집에 있다가 온 반찬통이에요. 하지만 저는 떠돌이는 아니에요. 새 주인은 저를 다시 다른 곳으로 보내지는 않더라고요.

주인은 설거지할 때 기본적으로 아주 매끈한 그릇들을 좋아해요. 옆에서 내가 씻겨질 차례를 기다리며 지켜보다 보면 알 수 있어요. 깨지기 쉽다면서 제일 먼저 씻는 유리컵들을 제외하면 항상 테두리가 깔끔하고 단순한 그릇들부터 씻더라고요. 약간 얕고 옴폭한 그릇들을 좋아하는 것 같아요. 왼손에 쥐고 오른손으로 수세미를 문질러야 하니까 그립감도 좋아야 한다며 남편에게 흥분해서 말하는 걸 들은 적이 있어요. 그날 새 그릇이 들어왔는데 그립감이 좋다며 신나 하더라고요. 섭섭했어요. 그래도 뭐 이젠 어느 정도 적응했어요. 냉장고 안의 다른 친구들과 이야기해 보니 모두 같은 처지더라고요.

주인이 특히나 싫어하는 그릇들은 손이 들어가지 않는 컵이나 텀블러, 여러 칸으로 나누어져 있는 식기나 식판류, 그리고 울룩불룩 여기저기 튀어나온 뚜껑을 가진 네모난 반찬통들인 것 같았어요. 이 중 네모난 반찬통은 바닥과 옆면이 직각으로 만나기 때문에 손가락 끝으로 수세미를 문질러야 하나 봐요. 그래서 손가락에 힘이 꽉 들어가 있는 게 느껴져요. 한 번씩 손가락을 오므렸다 폈다 하는 걸 보면 확실히 그런 것 같아요. 저는 이렇게 씻기 힘들고 성가시게 생겼으니까 자꾸 설거지 순서에서 밀리기 일쑤예요.

하지만 저도 억울해요. 제가 뭐 이렇게 생기고 싶어서 이렇게 생겼겠어요? 고무 패킹으로 공기를 차단해 진공 기능을 하니까 남은 반찬이나 정성껏 만든 음식들이 상하지 않는 것 아니겠어요? 확실하게 공기를 막아주고 속에 담긴 내용물이 흐르지 않게 하려면 당연히 잠금장치가 필요한 거 아니겠어요? 저도 꼭 필요해서 이런저런 것들을 주렁주렁 달고 태어났다고요. 사용할 때는 편리해서 써놓고 설거지할 때는 투덜거리니 저도 속상하다고요.

지금 주인 흉을 조금 봤더니 갑자기 예전 주인이 생각나네요. 전 주인은 아주 깔끔쟁이였어요. 손도 크고 음식도 뚝딱뚝딱 재빨리 해내는 사람이었어요. 생강을 아주 곱게 갈아 오랫동안 고아서 생강청도 만들고 각종 장아찌도 겁 없이 담갔어요. 멸치를 볶을 때는 영양을 생각해 반드시 각종 견과류를 함께 볶아 넣어줬어요. 요리를 잘하던 전 주인은 제 뚜껑을 씻을 때는 신경질적으로 고무 패킹을 빼냈어요. 포크로 찔러대며 빼내는 바람에 찢어질 뻔한 적도 있었어요. 그래도 그때는 참 깨끗했답니다.

전 주인이 정성껏 만든 반찬을 저에게 담아 지금 주인에게

주었어요. 마치 멀리 사는 친정엄마가 챙겨주는 것 같다고 엄청 고마워하더라고요. 같은 동네에 사는 친구인 것 같았어요. 왜 있잖아요. 동네 절친. 그런데 그 선물을 받은 새 주인은 실컷 먹고 나서도 씻기 귀찮은 반찬통이라며 설거지 순서에서 한참 미뤄두었어요. 아니, 친정엄마가 생각날 정도로 고맙다면서 반찬통을 씻기 귀찮아하는 게 말이 되나요? 제 입장에서는 이해가 안 돼요. 하지만 어쩌겠어요. 제가 제 몸을 직접 씻을 수도 없고. 예전 주인에게 사랑받던 게 생각나서 엉엉 울고 싶었어요. 그렇다고 실제로 울지는 않았어요. 저는 성숙한 반찬통이니까요. 지금 주인이 무언가를 담아 돌려주어야 한다고 중얼거리는 소리를 들었어요. 빈 그릇을 돌려주는 건 예의가 아니래요. 저는 오늘도 전 주인에게 돌아갈 날을 손꼽아 기다리고 있어요. 제 고무 패킹이 찢어지더라도 반찬 냄새가 제 몸에 배기 전에 깨끗이 씻어주는 전 주인이 보고 싶어요. 떠나고 보니 전 주인이 얼마나 고마운 사람이었는지 알게 되었어요. 언젠가 고향으로 돌아갈 날이 오겠죠?

찬란했던 빈곤의 시간 1

어쩌다 보니 세트

(바닥 3중 스테인리스 냄비)

공주 알밤을 삶다가 냄비를 태워 먹었다. 내가 사는 동네는 알밤으로 유명한 공주와 가까워서 그런지 일반 마트에서도 공주 알밤을 흔하게 볼 수 있었다. 어릴 때부터 유난히 밤을 좋아해서 엄마가 밤을 삶아주는 추석이나 가을 운동회가 좋았다. 반으로 잘라서 작은 스푼으로 삭삭 긁어서 파먹었다. 결혼하고 나서는 밤껍질을 까서 한 알 통째로 먹는 재미에 자주 밤을 삶아 먹었다.

그날도 공주 알밤을 사 와서 내가 일본에서부터 사용하던 스테인리스 냄비에 잠길 듯 말 듯만큼만 물을 부어 삶기 시작했다. 밤을 삶는 데는 시간이 조금 걸리니까 집에서 이것저것 어질러진 것들을 정리하고 있었다. 한 번에 두 가지 일을 못하는 나는 정리하는 데 신경이 다 쏠려서 밤 삶는 중이라는 것을 잊어버렸다. 평소에 잘 맡을 수 없는 쾌쾌한 냄새가 난다 싶어 킁킁거리며 둘러보다가 가스 불 위에 냄비가 올려져 있는 것을 발견했다. 이미 까만 그을음이 솔솔 피어오르고 있었다. 어떻게 이렇게 까맣게 잊을 수가 있을까 생각하며 불을 얼른 껐다. 냄비에서 밤을 꺼내고 나니 냄비 바닥은 연탄을 깨서 일부러 바른 것처럼 새까맣게 타 있었다. 웬만해서는 냄비를 잘 태워 먹지 않는다. 심지어 전기밥솥 대신 작은 압력밥솥으로 가스 불 조절해 가며 밥을 해 먹던 나였다. 그래도 한 번을 타거나 눌은 적 없었는데 자존심에 스크래치가 강하게 났다. 그것도 내가 아끼던 스테인리스 냄비를 태우다니. 부랴부랴 인터넷에서 태운 자국 지우는 법을 검색했다. 스테인리스 냄비가 새까맣게 탔을 때 냄비에 식초와 베이킹소다를 푼 물을 담아 끓이면 타서 눌어붙은 까만 재들이 떨어져서 둥둥 뜬다고 했다. 하지만 내 냄비의 까망이들은 꿈쩍도 하지 않았다. 꺼칠꺼칠한 수세미에 베이킹소다를 묻혀서 힘껏 닦아보았다. 여전히 초강력 본드로 붙여 놓은 것처럼 딱 달라붙어 있었다. 그 당시에 탄 냄비를 벅벅 긁으며 씻다가 한쪽 팔뚝만 보디빌더처럼 변한다는 세제 광고가 있었다. 그 광고의 주인공이 바로 내가 되었다. 팔이 너무 아파서 포기했다.

이상한 것은 냄비를 씻는 게 너무 힘들다는 생각이 든 게 아니었다. 이 냄비에 식초와 베이킹소다를 찾아 부어 끓이고 그걸 또 수세미로 긁어내는 힘들고 귀찮은 작업들을 하는 중에도 이 냄비를 사 들고 오던 반짝반짝 빛나던 어느 여름날이 떠올랐다. 그 생각이 드니 회생 불가능할 것 같던 이 냄비를 도저히 버릴 수가 없었다.

우리의 일본 유학 생활 이야기를 듣는 누군가는 지지리도 궁상이라고 생각할지도 모른다.

어디서부터 이야기를 꺼내야 할까. 너무 오래된 이야기라서 새삼스럽기도 하고 자세하게 기억나지 않기도 한다. 대학을 졸업하고 그 당시 남자친구였던 남편은 박사과정을, 나는 어학연수 후 전문학교에 진학할 준비를 하고 있었다. 일본은 4월, 10월에 새 학기가 시작된다. 나는 10월 학기에 일본어 학교에 입학하기 위해 한 학기 먼저 일본에 들어갔다. 내가 일본에서 학교 다니며 적응하고 있는 동안 남편은 이듬해 4월 학기 유학 준비와 우리의 결혼식 준비를 혼자 도맡아 해주었다. 일본어 학교는 출결 문제를 아주 엄격하게 관리했기 때문에 중간에 한국으로 나올 수도 없어서 내가 할 수 있는 일이라고는 남편이 결혼식장, 신혼여행, 드레스 등 검색해서 골라 놓은 몇 가지들 중에 선택하는 것뿐이었다. 물론 예식장 같은 항목들은 어른들의 의견에 따라야 했던 것들도 있었다. 이메일을 보내기 위해 컴퓨터를 사용하려면 한인 PC방이 있는 동네까지 나가야 했기 때문에 사용이 힘들었고 그 당시에는 SNS도 없었기 때문에 충전식 전화카드나 컬렉트콜 국제전화를 이용할 수밖에 없었다. 옆에서 같이 준비해도 힘들고 많이 싸우기도 한다는 결혼 준비를 오롯이 남편 혼자서 했다. 나는 그저 다 차려 놓은 이벤트에 잠깐 참석하는 기분이었다. 실감도 나지 않는 결혼식을 마치고 신혼여행을 포함해 잠깐의 시간을 보낸 후 일본으로 다시 들어갔다. 벌써 20년도 더 된 '라떼' 이야기다.

학생 부부가 된 우리는 그렇게 일본에서 신접살림을 시작했다. 남편과 나는 결혼 자금을 최대한 아껴 유학 생활에 필요한 것들을 준비하는 데 보탰다. 물론 양가 부모님과 가족들의 물심양면 지지와 기도가 있었기에 가능했다. 그때 우리에게는 뚜렷한 지향점이 있었기 때문에 궁상맞다는 생각은 하지 않았다. 오히려 젊으니까, 이때 아니면 언제 우리가 이런 것을 경험해 보겠냐는 생각이었다. 만약 유학 후의 진로가 뜻대로 잘 풀리지 않더라도 '뭐, 적어도 절약하는 삶의 태도는 배워오겠지.'라는 무한 긍정의 마인드로 똘똘 뭉쳐 있었다. 남편과 나는 원하는 공부를 하기 위해서는 고생할 각오가 되어 있었다. 그때 그 시절이 내 인생의 가장 찬란했던 시간들이라고 감히 말할 수 있다.

일본에서 신혼 생활을 시작한 지 얼마 안 되었을 때 동네 상점가 잡화점에서 이 냄비를 발견했다. 최대한 절약하며 살던 시절이라 대부분의 식기들은 100엔 숍(다이소)에서 사들인 싸구려들이었다. 그러던 중에 조금 큰 냄비가 필요해 주방용품점에 들렀다. 우리에게는 선택의 여지가 없었다. 그 가게에서 제일 싼 냄비를 골랐다. 그래도 다이소에 비하면 엄청난 사치를 한 것이었다. 까만 손잡이가 달린 바닥 3중 스테인리스 냄비. 사실, 그때는 바닥 3중이니 스테인리스니 하는 것은 아무 것도 몰랐다. 스테인리스 제품은 연마제 때문에 첫 세척이 제일 중요하다는 것조차 몰랐다. 아주 만족스러운 쇼핑을 했다며 가지고 와 제일 열심히 부려 먹었을 뿐이다. 당연히 모든 국은 이 냄비로 했다. 남편은 무를 채 썰어 참기름에 달달 볶은 후에 물 넣고 끓이는 맑은 뭇국을 제일 좋아했다. 제일 쉬운 국이기도 해서 자주 해 먹었다. 나는 푹 끓여 미역이 흐물흐물해진 미역국을 좋아한다. 넉넉한 사이즈의 냄비여서 불린 미역을 참기름에 달달 볶다가 물을 가득 넣고 어머님이 보내주신 맛있는 국간장으로 간을 하고 오래 끓인다. 물이 어느 정도 졸아들 때까지. 그러면 두세 끼는 두고 먹을 수 있는 넉넉한 양의 맛있는 미역국 완성이다. 생선조림도 이 냄비에 자주 해 먹었다. 두껍게 썬 무를 넉넉하게 깔고 생선을 올린 후 양념장을 넣고 조린다. 우리는 생선보다 양념이 푹 배어서 잘 익은 무를 더 좋아했다. 그중에서 가장 자주 해 먹은 것은 닭볶음탕이었다.

어느 날, 어학연수 중 만난 동생 집에 우리 부부와 다른 친구들이 초대받아서 갔다. 나보다 훨씬 어린 친구였는데 닭볶음탕을 뚝딱뚝딱 어렵지 않게 만들어 내는 것을 보고 깜짝 놀랐다. 한 번도 해본 적도 없었고 집에서 내가 할 수 있을 거라는 생각도 해본 적 없었다. 그 친구에게 자세한 레시피와 조리 방법을 배워온 후 그 냄비에 부지런히 해 먹었다. 감자를 큼직큼직하게 썰어서 피 뺀 조각 닭과 함께 볶다가 채소와 고추장 양념을 넣고 익히면 됐던 것 같다. 간단하지만 예상외로 너무 맛있었다. 난 요리 천재인가 보다 했다. 잘하니 맛있고 맛있으니 자주 해 먹게 되고 자주 하니 더 잘하게 됐다.

"오빠야, 이 닭볶음탕 진짜 맛있제?"

"응, 맛있네."

"내 쫌 천잰갑다. 완전 요리 잘하제?"

"어, 닭볶음탕은 이제 마스터했으니까 다른 것도 좀 해 봐라."

그랬다. 남편은 닭볶음탕에 이미 물려 있었다. 그날 이후로 지금까지 닭볶음탕을 한 적이 없다. 사실은 그때 배웠던 정확한 레시피도 다 잊어 버렸다. 이 냄비에서 닭볶음탕의 흔적은 완전히 사라졌지만, 여전히 우리 집에서 가장 사랑받던 냄비였다.

맛있는 파스타가 많은 일본에서 살게 되니까 집에서도 파스타를 자주 해 먹었다. 우리가 좋아하던 '프론토'나 '주니어 토마토'라는 카페에선 여러 가지 일본식 파스타를 팔았다. 우리는 그중에서 잔멸치가 들어간 간장 베이스 파스타나 명란 파스타를 즐겨 먹었다. 거의 일주일에 한 번은 꼭 먹었던 것 같다.

"오빠야, 이거 집에서도 만들 수 있겠는데?"

"그렇긴 하겠다. 그런데 잔멸치가 있나?"

"저번에 어머님이 보내주신 거 아직 냉동실에 있을 거야. 뭐, 이거 보니까 잔멸치 달달 볶다가 간장에 물 넣고 간 해서 면 삶은 거 넣으면 되겠네."

"그럼, 다음에 집에서 한번 해보자."

가만히 보니 잔멸치를 조금 바삭하게 볶다가 간장과 물을 넣어 만든 묽은 소스에 삶은 면을 넣어 섞기만 하면 될 것 같았다. 얼마든지 집에 있는 재료들로 쉽게 만들 수 있을 것 같았다. 당연히 풍미를 더하기 위해 고명으로 올라가던 시소잎은 패스했다. 나는 없는 재료에는 연연하지 않는다. 완벽한 맛은 포기다. 하지만 우리는 어설픈 맛으로도 충분히 만족했다.

집에서 파스타를 해 먹어 보려고 하다 보니 파스타 면을 삶기에 편한 파스타용 냄비를 들여야겠다고 생각했다. 남편과 다른 동네에 볼일 보러 갔다가 주방용품점을 발견했다. 원래 자질구레한 것들을 많이 파는 잡화점을 좋아하는 우리는 그런 곳을 그냥 지나치지 못한다. 그곳에서 파스타 삶기 딱 좋은 크기의 냄비를 구입했다. 거기서도 우린 여지없이 그 가게에서 제일 저렴한 파스타용 냄비를 골라왔다. 이제 이 냄비가 있으니 우리가 좋아하는 일본식 간장 소스 파스타를 실컷 해 먹자며 룰루랄라 가지고 왔다. 집에 와서 보니 전에 사놓았던 까만 손잡이 스테인리스 바닥 3중 냄비와 똑같은 모양이었다. 냄비 뚜껑까지 모양은 완전히 똑같지만, 파스타용 냄비이다 보니 깊이는 2배 정도 더 깊었다. 냄비를 이리저리 살펴보고 붙어 있던 택을 읽어 보니 같은 회사의 같은 시리즈 냄비였다. 어쩌다 가게마다 제일 싼 것만 골라왔더니 아이러니하게도 그럴듯한 스테인리스 냄비 세트를 갖추게 되었다. 비싼 돈 들여 세트를 갖추지 않아도 이렇게 짝이 착착 맞아떨어지는 것을 보니 웃음이 났다. 그렇다. 난 다 계획이 있었던 거였다.

유학 생활 동안 잦은 이사를 예상했다. 당연히 짐을 만들고 싶지 않았다. 어차피 언젠간 되돌아가야 하니 그때 귀찮은 일이 될 것이 뻔했다. 집을 옮길 때마다 가구나 집기를 처분하며 곤란한 일이 많았다. 작은 나무 책장 하나를 버리는 데도 돈이 너무 많이 들었다. 늦은 밤, 남편과 나는 작은 고무망치와 함께 그 책장을 큰 도롯가에 가지고 나왔다. 그리고는 큰 트럭이 시끄러운 소리를 내며 지나갈 때마다 망치를 내리쳐 책장을 부수었다. 부순 책장을 '타는 쓰레기'로 분류해 버리고 돌아왔다(당시 일본에서는 타는 쓰레기, 타지 않는 쓰레기로 분류). 공범들은 대단한 일을 해결한 것처럼 만족스러워하며 씩 웃었다.

극가성비 갑의 시간들을 보내고 있었다. 냄비 세트, 그릇 세트들을 다 갖추고 살았다면 이사 갈 때마다 얼마나 곤혹스러웠을지 지금 생각해도 아찔하다. 그렇게 짐을 줄이고 줄여서 다니던 이사에도 놓치지 않고 가지고 다녔던 게 이 냄비 세트다. 당연히 국제 이사할 때도 빼먹지 않고 깊숙이 넣어 두었다.

고이고이 가지고 왔던 이 냄비들은 이제 허드레 용으로 전락해 버렸다. 지금 나는 바닥 3중 스테인리스보다 더 고급인 통 3중 스테인리스 냄비 세트를 사용하고 있다. 그렇다고 어찌 바닥이 새까맣게 타버린 옛날 냄비를 버릴 수 있겠는가. 비록 삐까번쩍한 냄비 세트는 아니지만 빛나던 신혼 시절 소박한 양식들을 책임져 주던 일꾼을.

잘 지워지지 않는 탄 자국을 다시 한번 식초와 베이킹소다를 들이붓고 끓여도 보고 박박 문질러 보기도 했다. 반짝반짝 빛나던 내 청춘의 시절을 돌리고 싶은 마음인가. 나는 이 냄비를 포기하고 싶지 않았다.

찬란했던 빈곤의 시간 2

성공의 상징

(해리포터 버터 비어잔)

수저를 씻으면 탈탈 털어 '해리포터 버터 비어잔'에 꽂아 놓는다. 우리 집 수저통으로 묵묵히 제 할 일을 하고 있는 커다란 플라스틱 컵이다. 이 컵에 수저를 씻어 꽂아 놓을 때면, 문득 나의 소박했던 성공 기준이 떠올라 빙긋이 웃음이 난다.

이 컵은 오사카 유니버설 스튜디오의 해리포터 존에서 구입했다. '버터 비어'를 맛본 것으로 끝낸 것이 아니라 비싼 컵을 사 가지고 왔다는 것이 중요하다. 해리포터 팬이라면 절대 놓칠 수 없는 굿즈다.

일본에서 디즈니랜드에 갈 일이 몇 번인가 있었다. 해마다 친구들이나 친지들이 찾아오면 으레 디즈니랜드나 디즈니 씨에 갔다. 그곳에서는 넉넉지 못한 유학생 신분이었기 때문에 디즈니 안의 잘 갖춰진 레스토랑에서 식사를 할 생각은 감히 하지 못했다. 늘 추로스나 팝콘 정도의 간식으로 허기를 때우며 하루 종일 놀다가 마지막 퍼레이드와 불꽃까지 다 본 후에 늦은 전철을 타고 집으로 돌아왔다. 비싼 가격인 만큼 본전을 뽑아야 한다는 생각뿐이었다. 디즈니랜드나 디즈니 씨에서 제대로 된 밥을 먹는 가족들이나 연인들을 볼 때마다 아쉬움을 달래는 생각이 있었다.

'나중에 나도 저렇게 지붕이 있는 레스토랑에서 밥을 먹게 되는 날이 온다면, 그땐 정말 성공한 삶이라고 생각할 것 같아.'

그 후로 오랜 시간이 흘렀다. 꿈은 이루어진다고 했던가. 홍콩 디즈니랜드로 가족 여행을 갔다. 그리고 드디어 제대로 된 '지붕이 있는 레스토랑'에서 점심을 먹었다. 그때 그 기분을 잊지 못한다. 아마 남편은 내가 그렇게까지 지붕이 있는 레스토랑에 대한 집착이 있는지는 몰랐을 것이다. 밥을 먹는 내내 호들갑을 떨었다.

"난 정말 성공한 것 같아. 진짜 꿈만 같아. 내가 디즈니랜드 안에 있는 레스토랑에서 밥을 먹게 되다니."

딸과 남편은 입맛에 안 맞는다며 투덜거렸지만 비싼 밥을 먹으면서 그런 투정을 하고 있다는 것도 너무나 성공한 모습인 것 같아서 그조차 흐뭇했다. 그 순간들을 마음껏 즐겼다. 내 인생은 그날부터 이미 성공한 삶이었다. 아주 소박한 성공의 삶.

또 얼마의 시간이 지난 후, 해리포터를 너무 좋아하는 딸아이 때문에 오사카에 있는 유니버설 스튜디오를 찾게 되었다. 거기서는 시시때때로 레스토랑에서 밥을 먹고 카페에서 커피를 마셨다. 사고 싶은 굿즈가 있으면 별로 고민하지 않고 살 수 있었다. 그렇게 아무런 망설임 없이 덥석 사 온 해리포터의 버터 비어잔을 수저통으로 쓰고 있다. 내 기준에서는 엄청난 성공을 이룬 셈이다.

물론 성공의 여부를 경제적인 측면으로만 볼 수는 없는 일이다. 하는 일에 있어서 어느 정도의 결과물도 있어야 하고 만족도 있어야 할 것이다. 정신적으로도 내적 충만함이 넘쳐 불안한 마음이 없는 상태일 것이다.

유학생 신분의 나는 유명 테마파크의 지붕 있는 레스토랑에서 큰 고민 없이 웃으며 가족들과 단란하게 밥을 먹을 수 있는 모습이 내가 생각하는 성공한 삶에 충족되는 모든 조건의 집합이라고 생각했다. 거기까지 와서 밥을 먹고 웃을 수 있기까지의 모든 과정이 상상됐기 때문이다. 한국에서 평범하게 직장을 다녔다면 별스럽지도 않을 일이 그때는 무척이나 부러웠나 보다.

철마다 해외여행을 가는 것도 아니고 신상 명품 가방이나 귀금속에 대한 갈망도 없다. 그것들에 비하면 내 성공한 삶의 기준은 매우 낮다. 그저 놀이동산에 가서 큰 망설임 없이 밥을 먹고 자잘한 기념품을 사는 데 별 거리낌 없는 나는 성공한 사람이다. 더 이상의 욕심은 부리지 않는다. 이미 충분하다.

얼룩진 바닥 3중 스테인리스 냄비, 별 볼 일 없는 플라스틱 해리포터 버터 비어잔을 마주할 때면 머릿속 기억 저장 서랍 중 한 곳이 스르륵 열린다. 그곳은 도쿄의 '지유가오카'이고 '키치죠오지'이고 '시나가와'이다. 거기에 찬란한 미래를 꿈꾸던 젊은 우리 부부가 서 있다.

내 인생 첫 사치품

빌레로이앤보흐 디자인 나이프

내가 아끼는 접시인 '빌레로이앤보흐의 디자인 나이프' 접시를 씻을 때는 절대로 박박 문지르지 않도록 유난히 조심한다. 그려져 있는 그림들이 혹시나 벗겨질까(그럴 일은 없겠지만), 아기 다루듯이 씻어낸다.

빌레로이앤보흐(이하 빌보)는 프랑소아 보흐와 그의 세 아들이 1748년 제조를 시작하여 지금까지 독일 그릇 명문의 자리를 유지하고 있다. '유행을 타지 않는 프랑스 디자인과 전통 엔지니어링의 품질, 고급 원자재, 그리고 훈련된 직원의 뛰어난 기술을 모두 지니고 있다.'며 홈페이지에서 회사 소개를 하고 있다. 오랜 전통이 있는 회사답게 많은 디자인 시리즈를 보유하고 있다. 디자인 나이프를 비롯해 아우든, 뉴웨이브, 프렌치 가든 등 한국인들에게 지속적인 사랑을 받고 있는 브랜드이다. 나는 그 많은 빌보의 라인업 중 디자인 나이프에 말 그대로 꽂혔다.

나는 작은 물건 안에 여러 가지 그림들이 만화처럼 그려져 있는 것이 좋을 때가 있다. 같은 기능을 가진 물건 중에 하나를 골라야 한다면 아기자기한 일러스트가 물건 전체에 가득 그려진 제품을 선택하는 편이다. 버스를 기다리거나 병원이나 서비스 센터에서의 한없는 대기 중, 혹시라도 나와 그 물건 하나만 남겨져야 하는 시간들이 찾아온다면 그림을 보며 거기에 담긴 이야기를 상상하는 것을 좋아한다.

한번은 가지고 다니던 핸드폰이 고장이 나서 수리를 맡기고 서비스 센터 의자에 앉아 하릴없이 기다려야 할 때가 있었다. 핸드폰은 내 손에 없고 하필이면 책도 가져오지 않았다. 그때 내가 들고 있던 가방엔 여자아이가 여기저기 프린트되어 있고 그 여자아이들 주위에는 립스틱, 핸드백, 구두, 목걸이 등이 그려져 있었다. 이 10대 여자아이가 파티에 참석하려나? 립스틱과 핸드백을 들고 반짝이는 칵테일 드레스를 입으며 곧 있을 데이트를 설레며 기다리겠지. 하지만 곧 대판 싸우고 집으로 씩씩거리며 혼자 돌아오는 거야. 평소 신지 않던 하이힐 때문에 발이 다 까져 절뚝거리며 집에 돌아와 화장을 지워. 뭐, 이런 시시콜콜한 상상들이다. 아마 내가 언젠가 영화나 책으로 경험했던 것들이 재해석된 거겠지만 말이다.

일본에서 마지막 크리스마스를 맞이할 때쯤, 나에게 여윳돈이 아주 조금 생긴 때가 있었다. 그 돈으로 다른 것들을 할 수도 있었지만 빌보의 디자인 나이프 접시를 꼭 사고 싶었다. 늘 다이소 접시들을 써 왔던 나는 이 고급 브랜드의 접시가 갖고 싶었다. 디자인 나이프 접시는 한국의 인터넷 그릇 카페를 통해 이미 알고는 있었다. 사진으로만 보던 그 접시들을 자유가

오카에 있는 빌보 매장에서 직접 보고야 말았다. 작고 동그란 접시 안에는 유럽 어느 시골 마을의 고즈넉한 풍경이 아기자기하게 담겨있다. 언덕을 줄지어 오르는 사람들, 마당에서 돌아다니는 닭들에게 모이를 주는 아주머니, 소를 이용해 밭을 갈고 있는 농부들, 마을에 하나밖에 없을 것 같은 교회에서 결혼식을 올리려는 신랑 신부와 그들을 따르는 하객들. 작은 시골 마을에서 일어날 수 있을 법한 소박한 일상들이 간결한 선과 화려한 채색으로 접시 바닥 가득 메워져 있었다. 우윳빛 도자기의 테두리에는 굵기가 다른 짙은 브라운색의 두 줄이 둘러져 있었다. 선명한 색감과 디테일한 표현들에 눈과 마음을 다 빼앗겼다. 소소한 일상의 이야기가 담긴 시골의 정경들을 사진이 미처 다 표현하지 못했던 것이었다. 게다가 실물 접시는 차가운 화이트가 아닌 따뜻한 느낌의 크림색이 감돌았다. 색감까지 내 마음에 흡족했다. '아, 저 접시들은 언젠가는 우리 집에 들어올 것들이구나.'라는 생각이 저절로 들었다. 첫눈에 반해 결혼한 부부들이 처음 보자마자 배우자가 될 줄 알았다고 말하는 흔한 이야기들. 그 대상이 나에게는 디자인 나이프의 접시들이었다. 그저 돈이 생길 때마다 한 장 한 장 사 모아서 세트로 만들어줘야지 하는 생각뿐이었다.

생각을 했다면 실행에 옮겨야지. 바로 지유가오카에 있는 빌보 매장으로 갔다. 어찌나 으리으리하던지 남편과 나는 들어갈까 말까 몇 번을 망설였다. 꾀죄죄한 외국인 커플이 들어와 이것저것 둘러보는 것을 보며 점원들은 혹시 모를 사고에 긴장했을지도 모른다. 우리는 주눅 들지 않으려고 일부러 더 당당하게 행동했다.

한참을 고르고 골라 시골의 풍경 속에 결혼식을 하는 장면이 그려진 접시 한 장을 골랐다. 어쨌든 우리는 아직 신혼이었으니까. 그리고 값을 지불했다. 일본 특유의 극진한 과대 포장을 흐뭇한 표정으로 바라봤다. 잡지나 화면으로만 보던 꿈의 '그것'을 내 손에 넣었다는 생각에 새어 나오는 웃음을 감출 수 없었지만, 이런 그릇쯤은 쌓아 놓고 산다는 듯한 모습을 보여주고 싶어 태연한 척 허세를 부렸다. 그렇게 내 손에 들어온 첫 빌보.

귀국 후 아이를 키우며 아이 친구 엄마와 이야기 나누던 중 빌보 이야기가 나왔다. 자기도 디자인 나이프를 좋아한다고 했다. 그릇에 별 관심 없는 사람들은 빌보도 잘 모르는데 디자인 나이프까지 알고 있는 것에 기뻤고 나도 가지고 있다고 이야기했다. 우리 집에 놀러 왔을 때 빌보 구경 좀 하자고 하여 나는 소중하게 간직해 온 디자인 나이프 소접시를 꺼내 보여줬다.

"다른 거는?"

"이거 한 장뿐인데?"

"뭐야, 난 또 한 세트는 있는 줄 알았지. 한 장만 사는 사람도 있어?"

순간 나는 멍해져서 뭐라고 대답했는지 기억이 나질 않는다. 그때의 대화는 전혀 불쾌하지 않았다. 아주 친밀한 관계에서 아무렇지도 않게 오갔던 대화였다. 그런데 그때 그 말이 잊히지 않아 몇 번이고 되뇌어 보았다.

'왜 그릇을 한 장씩 사면 안 되는 거지? 그렇다면 그릇은 꼭 세트로 사야 하는 건가?'

결혼하기 전부터 좋아하던 요리 연구가의 책에는 분명히 돈이 생길 때마다 좋아하는 그릇을 한 장 한 장 사는 재미가 쏠쏠하다고 적혀 있었다. 그저 그 말 하나만 보고 그릇은 무조건 한 장씩 들이는 거라고 마음대로 믿고 살았던 것이다. 어릴 때 한번 입력된 강렬한 한마디는 삶을 대하는 태도의 방향을 잡기도 한다.

귀국하고 한참 지나자 각종 그릇 카페에서 빌보 디자인 나이프 열풍이 불기 시작했다. 심지어 홈쇼핑에서는 눈이 확 돌아 당장 전화할 수밖에 없는 추가 구성품까지 기획해 6인조 세트도 판매했다. 어마어마한 가격이었지만 매번 매진이었다.

그때 그 말의 뜻을 비로소 알게 되었다.

'아! 그릇은 한꺼번에 세트로 갖추는 거구나.'

유행하는 디자인 나이프의 그릇을 구경할 수 있을 거라 생각했던 그 친구의 당황해하던 표정도 이해가 되었다.

한국에서 모든 것을 갖추고 시작한 신혼살림이 아니었기에 살림살이 문화를 전혀 모르고 있었다. 그러고 보니 옛날에 언니들이 성인이 되자 엄마는 언제 할지도 모를 결혼을 준비한다며 냄비 세트며 도자기 그릇 세트 등 각종 살림 도구들을 다락에 넣어 놓고 먼지만 앉혔다. 대부분의 친정 엄마들은 딸이 결혼하기를 기다리며 그렇게 세트로 그릇을 모으나 보다. 그깟 그릇, 냄비야 돈만 있으면 당장이라도 나가 5분 만에 사 올 수도 있는 것인데 그때 그 시절 엄마들은 딸들의 혼수를 준비하며 2~30년 전 신접살림에 대한 로망을 이루는 걸까. 그냥 훗 하고 웃음이 나왔다. 순진하게 그 요리 연구가의 말을 믿었다니. 분명히 그 요리 연구가도 한꺼번에 그릇 세트를 들일 때가 더 많았을 텐데 말이다.

그 후로 여러 기회가 닿아 같은 라인의 머그컵 세트를 샀다. 게다가 내가 그 브랜드를 좋아하지만 접시는 한 장밖에 없다는 것을 알고 있는 또 다른 친구에게 나머지 접시들을 선물 받았다. 그 외에 몇 가지 아이템들을 더 구비했다. 접시 한 장으로 시작한 사치였는데 지금은 뭐 그럭저럭 세트 기분으로 갖추게 되었다.

이젠 비싼 그릇들 한꺼번에 장만하지 못해 속상해하지 말라는 뜻으로 말한 요리 연구가의 말을 곧이곧대로 믿는 순진한 새댁이 아니다. 다만 6인조 세트로 한 번에 통 크게 들였던 그릇들보다, 내가 가지고 있는 그릇과 어떻게 매치해서 쓰면 좋을까 고민하기도 하고 어떤 음식을 담으면 예쁠까 상상해 가며 고르고 골라 천천히 들였던 접시나 종지들에 더 애착이 가는 건 어쩔 수 없다. 하나씩 하나씩 필요한 것들로만 내 손으로 세트 구성을 만들어 가는 것도 재미있다. 시간을 두고 각각 따로 들어왔는데 점점 모여 대식구가 되어가는 모습을 보고 있으면 흐뭇하고 대견하다. 어쩌면 그 요리 연구가는 이런 기쁨을 알게 해주려고 한 것일지도 모른다.

그것을 알아차렸으면서도 나는 홈쇼핑 앱에서 내가 갖고 싶은 그릇의 6인조 세트 알람 설정을 해뒀다. 독점 대박 추가 구성품을 꿈꾸며.

편의점 한정판에는 진심인 편

빨강머리 앤 접시

여러분은 '빨강머리 앤'을 좋아하나요? 네, 바로 루시 모드 몽고메리의 그 『빨강머리 앤』 말이에요.

살아오면서 했던 가장 큰 착각 중에 하나가 책 『빨강머리 앤』을 읽었다고 기억하고 있던 것이다. 읽은 줄 알았다. 아직도 너무나 생생하게 기억하는걸.

"주근깨 빼빼 마른 빨강머리 앤. 예쁘지는 않지만 사랑스러워."

'빨강머리 앤' 하면 자동 재생되는 주제곡 말이다. 하지만 나는 실제로 그 책을 읽은 적이 없다는 사실을 깨달았다. 내가 어릴 때, KBS에서 〈세계 명작 극장〉이라는 이름으로 TV 애니메이션 〈빨강머리 앤〉을 방영했다. 이 노래를 기억하고 있다는 게 그 증거다. 읽은 게 아니고 봤다는 것을.

아름다운 프린스에드워드섬의 풍경, 사과꽃 만발한 환희의 길, 창문 밖 벚꽃 가득 안은 눈의 여왕님, 미세먼지 하나 없을 것 같은 쨍한 파란 하늘, 푸르른 나무와 숲, 초록 지붕에 하얀 벽으로 이루어진 이층집. 신기하기만 했던 외국 집의 지하 저장고, 그 안에 가득가득 차 있던 감자, 각종 시럽들, 주스와 과일들. 예쁜 벽지, 앤티크 가구, 그릇, 앤의 방에 서 있던 세숫대야 스탠드(더 멋진 용어가 있을 것 같지만), 그 위에 물이 담긴 저 그 등 이국적인 모든 장면들에 푹 빠져서 봤던 것이다.

〈빨강머리 앤〉 애니메이션 장면은 몇십 년이 지난 지금도 바로 어제 본 것 같이 눈앞에 선명하게 그려진다. 시간이 흐르면서 어린 시절에 있었던 일은 다 잊은 것 같은데 TV 앞에 앉아 조그만 화면에 비치는 그 장면들은 생생하게 기억난다. 다이애나와 평생의 우정을 맹세하던 개울의 다리, 주스인 줄 알고 다이애나에게 마시게 했던 포도주, 둘만의 숲속 비밀 장소에서 깨진 작은 찻잔을 놓고 하던 귀부인 놀이. 눈물 나게 좋아하던 그리운 장면들이다. 나는 잊을 수 없는 내 어린 시절의 한 토막, 빨강머리 앤에 관한 굿즈를 일본에서 만났다.

일본 유학 시절, 짬짬이 이런저런 아르바이트를 했다. 퓨전 중국집 주방이나 스시집, 한국인 PC방, 대형 서점, 패스트푸드점 등 다양하게도 했다. 학교를 마치고 하는 아르바이트여서 주로 가게에서 저녁을 먹었다. 식당은 저녁 식사를 제공했지만, 그 외 업종의 가게에서는 각자 해결이었다. 저녁 식사 시간은 15~20분 정도였다. 시간이 짧기도 하고 아르바이트비를 식사 비용으로 다 쓸 수 없으니 미리 사가지고 간 삼각김밥이나 중화면, 샌드위치나 야끼소바빵 등을 먹었다. 그러니 아르바이트 가기 전에는 습관적으로 편의점에 들러 저녁거리와 음료수를 샀다.

그날도 늘 그렇듯 아르바이트 가기 전에 편의점에 들렀다. 그러다 식빵 한 봉지를 살 때마다 주는 스티커를 다 모으면 빨강머리 앤 접시를 준다는 광고를 발견했다. 접시는 두 가지. 하나는 앤과 다이애나가 물가의 데크에 서 있는 그림이 그려져 있고, 다른 하나는 앤의 얼굴이 접시에 가득 차게 그려져 있었다.

'저건 받아야지!'

식빵을 사서 계산하고 점원에게 엄지손톱보다 조금 더 작은 스티커를 받았다. 무뚝뚝한 점원이 아무 말 없이 스티커만 주길래 이 스티커를 어떻게 하는 거냐고 물었다. 그랬더니 꼭 어릴 때 많이 하던 칭찬 스티커 판 같은 것을 줬다. 그 판에 스티커를 다 붙이면 원하는 접시 한 개와 바꿀 수 있었다. 일단 둘 중 더 마음에 드는 접시는 앤과 다이애나가 둘 다 그려진 접시였다. 그 접시를 목표로 부지런히 식빵을 사고 스티커를 모으기 시작했다. 원래부터 자주 사 먹던 식빵이었기 때문에 거부감은 없었지만 그렇다고 해서 매일 다 먹을 수는 없었다. 빵을 빨리 못 먹어 접시가 소진되어 버릴까 봐 조마조마하며 며칠에 한 번씩 사 먹었다.

드디어 스티커 판에 스티커를 다 붙인 날, 그 무뚝뚝하던 점원에게 당당히 내밀었다. 그리고는 아직은 어린 앤과 다이애나가 물가 데크에서 낚시하는 그림이 그려진 접시를 받았다. 눈부시게 반짝거리는 윤슬과 아이들의 밝은 표정이 생동감 넘치게 그려져 있었다. 그 접시는 세상 그 어떤 보석보다도 빛나 보였다. 나도 갈망하는 것을 갖기 위해서 꾸준히 무언가를 할 수 있는 사람이구나. 사소한 일들에는 그냥 흘러가는 대로 사는 나였다. 뭔가를 하다가도 '안 되면 말고, 어쩔 수 없지 뭐.'라는 생각으로 살아왔기 때문에 별거 아닌 이런 것도 내게는 성공 경험이 되었다. 이 접시를 받으려고 쓴 빵값이 접시 가격보다 훨씬 많았겠지만 금방 시들해지지 않고 끝까지 해낸 걸 보면 정말 꼭 갖고 싶었던 게 분명했다. 그 접시를 받아 들고 나올 때는 해가 서쪽으로 많이 기울어진 상태였다. 거리가 온통 따뜻한 주황빛의 햇살을 받고 있었다.

우리나라엔 몇 년 전부터 빨강머리 앤에 관련된 스티커나 노트 등, 각종 굿즈들의 붐이 일어났지만 그 당시에는 없었다. 역시 굿즈의 나라구나. 희귀템을 구했다는 기쁨에 싱글벙글했다. 매일 꺼내 보며 닦고 어루만졌다. 본차이나도 아니고 울퉁불퉁 전사 프린트되어 있는 싸구려 접시를 세상 어떤 명품 도자기 접시보다 더 아끼고 사랑했다. 또 다른 그림의 접시는 내가 다시 스티커를 다 모으기도 전에 품절되어 버리고 말았다. 모두를 가질 수 없었지만, 원픽을 가졌으니까 그럭저럭 만족하기로 했다.

그 접시는 지금도 우리 집 수납장에 숨죽이고 들어앉아 있지만 거의 20년 동안 나는 한순간도 그 접시의 존재를 잊은 적이 없다. 감히 그렇게 말할 수 있다. 내 마음속, 내 기억 속의 그 어떤 접시보다도 정성을 들여 힘들게 구한 것이다. 그것도 무려 빨강머리 앤과 다이애나가 함께 있다!

시간이 한참 흐른 후, 내가 정작 『빨강머리 앤』을 읽지 않았다는 것을 자각했다. 그 사실에 살짝 충격도 받았고 부끄럽기도 했지만 지체할 수 없었다. 바로 책을 읽기 시작했다. 거기에는 너무나 사랑스럽고 당당하며 고귀해서 안아주고 싶은 여자아이가 있었다. 고마운 일에는 고맙다고, 잘못한 일에는 잘못했다고, 미안한 일에는 미안하다고 자신의 입으로 제대로 말할 줄 아는 어린아이, 세상에서 가장 자존감 높고 긍정적인 소녀가 있었다. 자신의 감정을 숨기거나 돌려 말하지 않고 솔직하게 다 드러내야 직성이 풀리는 아이. 천진난만한 자신만의 세계를 가진 조그마한 여자아이에서 성숙하고 독립적이면서 배려 깊은 멋진 여성으로 성장해 가는, 그야말로 한 사람의 서사였던 것이다. 나는 빨강머리 앤의 한마디 한마디에 웃고 감동하고 눈물지었다.

어릴 때는 그저 예쁜 그림과 이국적인 풍경, 스토리에만 빠져 작가 몽고메리가 앤을 통해 전하고자 했던 메시지를 놓치고 있었다는 것을 몰랐다. 하긴 초등학생이 애니메이션을 보며 뭘 얼마나 알아차렸을라고. 앤을 다 안다고 생각했는데 제대로 아는 게 하나도 없었다. 책으로 읽지 않았다면 결코 알지 못했을 앤의 본모습을 말이다. 그래도 내 마음 한편에 자리를 내주고 어른이 되어도 잊지 않고 늘 생각하고 있었으니 나중에라도 알게 되어 다행이라고 생각한다. 다른 사람들에 대해서도 마찬가지지 싶다. 다 안다고 생각했는데 하나도 모르겠는 사람, 전혀 모른다고 생각했는데 의외로 많이 알고 있는 사람. 나와 맞지 않다고 쉽게 내치지 말고 마음 어딘가에 두고 묵히다 보면 언젠가 진가를 알 수 있는 날이 오지 않을까.

앤에 대해 잘 알지 못한 시절이었지만 (지금이라고 다 안다 말할 수 있을까) 그 접시를 받고 편의점에서 나올 때 받았던 햇살, 나를 스치고 지나갔던 기분 좋은 바람은 진짜였다. 늦은 오후 해가 질 무렵의 거리는 오렌지빛으로 물들어 가고 있었다. 혹여나 접시가 깨질까 가슴에 폭 안고 서둘렀던 발걸음, 집에 가자마자 남편에게 흥분하며 자랑하던 나를 기억한다. 그 기억은 행복이었다. 나는 앤과 다이애나가 함께 그려진, 간절히 원했던 그 접시를 얻을 자격이 충분했다. 굿즈가 별거인가. 남들이 보기에는 어디 하나 쓸모없는 예쁜 쓰레기일 뿐이겠지만 내가 좋아서 구하고 보물처럼 여기면 그만이지. 아마 이 접시를 가지고 있는 사람은 우리나라에는 몇 명 없을 것이다. 그거면 됐다. 후훗.

언젠가 먼 훗날 캐나다 프린스에드워드섬에 갈 것만 같다. 내가 그곳에 가지 못할 거라고는 한 번도 생각해 본 적이 없으니 가긴 갈 것 같다. 백발이 된 내가 그곳에 있는 빨강머리 앤 마을 기념품 가게에서 문구류나 그릇을 쓸어올지도 모른다. 영어도 할 줄 모르는 머리 하얀 한국 할머니가 허리 휘도록 그릇들을 포장하고 있는 걸 본다면 아는 체 말고 그냥 지나가 주길.

가족의 탄생과 접시

로얄코펜하겐 이어 플레이트

'7n년생 여자 3호와 7n년생 남자 3호가 만나 2002년에 결혼하고 200n년에 딸을 낳았다.'

나는 이 한 문장을 4장의 접시로 보여주기 위해 오랫동안 접시를 구해왔다. '로얄코펜하겐 이어 플레이트.' 197n년, 197n년, 200n년의 이어 플레이트는 내 손에 있다. 하지만 나는 여전히 2002년의 접시를 구하고 있다.

덴마크의 왕실 도자기인 로얄코펜하겐은 흰색과 쪽빛이 극명한 대비를 이룬다. 짙은 쪽빛의 넝쿨 식물이 그릇 전체를 휘감은 것처럼 그려져 있다. 아주 숙련된 전문 페인터들이 손으로 하나하나 그려 넣는 문양은 화려해 보이지만 여백의 미도 즐길 수 있다. 감히 최고급 도자기 브랜드라고 불릴 만하다. 그러나 나는 그것들을 쉽게 살 수는 없다. 너무 비싸기 때문이다.

그렇게 비싼 로얄코펜하겐의 접시가 나에게도 세 장이나 있다. 우리 가족의 탄생 연도가 새겨진 세 장의 접시. 로얄코펜하겐에서는 매년 기념 접시가 나온다. '이어 플레이트(Year plate)'라고 해서 1908년부터 시작해 매년 새해 초에 신비로운 새벽 같은 푸른빛의 접시를 출시한다. 아름다운 그림과 해당 연도의 숫자가 적혀있는 동그란 접시다. 실생활에서 음식을 담아내기도 하고 벽에 매달거나 접시 스탠드에 세워 장식

하기도 한다.

그릇이나 도자기에 관심이 많았던 나는 각종 잡지나 인터넷에서 접시의 존재를 알게 되었고, 자연스레 갈망하게 되었다. 어느새 '단순히 갖고 싶다.'에서 '우리 가족에게 의미 있는 해의 접시가 갖고 싶다.'며 소망을 키웠다. 나와 남편이 태어난 해, 딸아이가 태어난 해. 그리고 결혼한 해. 나중에 딸아이가 결혼하는 해의 접시도 가지게 된다면 그것만으로도 그럴듯한 우리 가족의 역사가 될 수 있겠다는 생각을 했다. 우리 가족에게 기념이 될 만한 해마다 접시로 기록을 하자. 그렇게 생각을 하고 접시를 찾아 나섰다.

한국로얄코펜하겐 관계자의 말에 따르면 이어 플레이트는 해가 지나면 몰드를 파기해 생산 수량을 제한하는 한정 상품으로, 시간이 지날수록 소장 가치를 더한다고 했다. 오케이. 여기까지는 알겠다. 그래야 희소성의 가치가 있겠지. 그럼 나와 남편이 태어난 해의 접시는 어떻게 구해야 하는 건가. 무려 1970년대의 접시를 말이다. 곧 접시가 앤티크 숍이나 중고로 거래되고 있다는 사실을 알게 되었다. 워낙 전 세계적으로 인기 있는 상품이고 나와 같이 특정 연도를 찾는 사람들이 있기 때문에 중고 거래가 활발한 품목이었다. 아무리 음식을 담아도 되는 접시라 해도 다들 벽에 걸어 놓았거나 진열해 두었을 것이 분명했기에 중고 거래라고 해도 거리낌 없었다. 수소문 끝에 나처럼 그릇을 좋아하는 사람들이 모인 커뮤니티에서 내가 태어난 연도를 구했다. 그리고 얼마 후 남편의 연도도 구했다.

딸아이의 탄생 연도는 2000년대라 쉽게 구할 수 있을 줄 알았다. 그런데 생각보다 부담스러운 가격대에 거래가가 형성되어 있고 그마저 나와 있는 물건도 없었다. 마음에 쏙 들게 구해지지 않아 한동안 내버려 두었다. '언젠가는 나타나겠지.' 하는 마음이었다. 그러다 사실 잠시 잊고 있었다.

이사를 앞두고 있어 이리저리 내 물건들 놓을 자리를 생각하다 이어 플레이트가 머리를 스쳤다. '이사 가면 제일 잘 보이는 곳에 진열해 두어야지.' 그런 상상을 하다 문득 딸아이의 접시가 없다는 것이 떠올랐다. 분명히 왜 자기 것만 없냐고 서운하다고 할 게 뻔했기에 부랴부랴 검색하기 시작했다. 이미 생산을 끝내고 유통되지 않기 때문에 개인 온라인 매장이나 해외 배송은 너무 비쌌다. 이제부터는 내가 그동안 몸담고 있던 커뮤니티에서 재빠르게 득템해야 할 뿐이었다.

다행히 한 회원이 200n년의 접시를 매물로 내놓았다. 백화점에서 산 상자 그대로에다 보증서까지 있었다. 사진으로 볼 때 상태는 좋았다. 당장 사고 싶다고 댓글을 달고 채팅을 했지지만 감감무소식. 보통 이런 글을 게시하면 반응을 보기 위해 핸드폰을 손에서 놓지 않고 들여다보고 살고 있을 텐데 영 반응이 없었다. '사기인가? 그냥 올린 건가?' 며칠이 지나도 답변이 없어 그냥 포기하고 다른 경로를 찾아야겠다고 생각하고 있을 때였다. "아, 댓글을 늦게 봐서 미안합니다. 지금도 판매 가능해요."라는 답변이 왔다. 됐다! 드디어 200n년 접시를 갖겠구나. 판매자의 마음이 변할까, 값을 올릴까 걱정돼 재빠르게 입금하고 이런저런 필요한 사항들을 알려주었다.

원래 중고 거래를 거의 하지 않는 나는 최근 여러 일로 인해 인터넷 중고 거래를 조금 활발하게 (내 입장에서는 꽤) 한 편이다. 인터넷 사이트에서 중고로 물건을 사면서 세상이 참 많이 변했다는 것을 절로 알게 되었다. 예전에는 중고 나라 정도밖에 없거나 커뮤니티 카페 내에서 회원들끼리 믿고 거래하는 것뿐이었다. 요즘은 당근 마켓, 번개장터라는 지역 중고 거래 앱에다 반값 택배라고 해서 집 앞 편의점에 가서 물건을 찾아와야 하는 경우도 있었다. 혼자 사는 학생이나 직장인들이 택배를 부치거나 받기 위해 고안된 최고로 편리한 시스템인 것 같기는 하다. 그저 집에서 편안하게 물건을 받기만 하던 나는 편의점으로 물건을 찾으러 갔는데 QR 코드로 인증을 하지 않으면 물건을 찾을 수 없다고 하여 진땀을 뺀 적이 있다. 해당 회사의 앱을 설치하고 회원가입까지 해야 하며, 거기다 또 끊임없이 무언가를 입력하라고 했다. 결국 QR 코드는 받지도 못했고 짜증이 나기 시작했다.

'아니, 택배비도 내가 내는 건데 왜 착불에다 편의점으로 보내는 거야!'

결국 편의점 사장님의 핸드폰으로 내가 전화를 걸어 본인임을 인증하고 겨우겨우 물건을 받은 적이 있다.

'다시는 편의점 반값 택배로 보내겠다는 사람과는 거래하지 않으리라!'

무겁고 소중한 내 택배를 안고 집으로 오며 다짐했던 적이 있다.

그런데 이번에 이분도 무언가 불길한 예감이 들었다. 편의점에서 택배를 보내겠다고 했다.

'아, 이제 편의점 택배는 대세인가. 물건을 쥐고 있는 사람이 그렇게 하겠다면 어쩔 수 없는 건가.'

눈물을 머금고 혹시 편의점 택배라면 내가 찾으러 가야 하는 거냐, 그냥 일반 택배로 보내주시면 안 되겠느냐고 아주 정중히 물었다. 다행히도 반값 택배가 무엇인지 모르는 분이었다. 나와 비슷한 시간을 걸어왔을 사람이지 싶었다. 긁어 부스럼 만들면 안 되지. 그렇게 그분은 편의점에서 일반 택배로 보내주었고 나는 편안하게 집 현관 앞에 배달된 택배를 기쁘게 받을 수 있었다.

세상은 너무나 빨리 흘러가고 변하고 있다. 내가 모르는 새로운 콘텐츠가 끊임없이 생겨나고 있었다. 그걸 모른 채 인터넷상으로 대화하려니 참으로 껄끄러웠다. 문자로 주고받다 보면 의도와는 다르게 오해를 살 수도 있다. 그렇다고 시대에 못 따라가는 사람처럼은 보이고 싶지 않은 오기가 어디선가 불쑥 올라와 아는 척하며 알겠다고 하고는 열심히 검색해 가며 대화에 따라갔다. 그렇게 저렇게 익힌 중고 거래 용어나 형식들을 가지고 이제는 내가 먼저 원하는 것을 당당하게 요구한다. "계좌 불러 주세요.", "일반 택배 선불로 보내주시고요.", "주소 3종 주세요." 이 말이 뭐라고.

자고 일어나면 세상이 변해 있는 속도의 시간을 살면서 나는 몇십 년 전의 물건을 찾아 헤맨다. 아이러니다. 그 오래전의 물건을 찾기 위해 5G의 인터넷 세상을 뒤지고 다녀야 한다. 거기서 빠른 대답을 얻어야 하고 신속하게 입금을 해서 내 것으로 만들어야 한다. 물건을 받을 때까지 길어야 3~4일. 물론 마음에 쏙 드는 제대로 된 물건을 찾는 것과는 별개지만 말이다.

여러 복잡한 과정과 수고를 거쳐 내 손에 들어온 세 장의 접시. 이제 작고 예쁜 받침대형 스탠드 위에 세 장의 접시를 나란히 늘어놓고 접시 속 그림을 감상할 생각을 하면 입꼬리가 슬쩍 올라간다. 하지만 아직 할 일이 남았다. 각자 집안의 3호 남녀가 만나 결혼한 해인 2002년의 접시를 찾으러 나서야지. 가족의 탄생과 기쁨을 접시로 기념하는 나는, 그릇 덕후다.

귀하신 몸

노리다케 로얄 오차드

국제 이사는 시간도 오래 걸리고 까다로웠다. 컨테이너 하나가 다 차야 움직인다고 했다. 우리의 짐은 단출했기 때문에 접시 몇 장, 종지 몇 개 정도 더 들어갈 자리는 충분했다. 금액은 정해져 있으니 최대한 많이 쑤셔 넣는 게 이득이었다. 하지만 나와 남편은 1초의 고민도 없이 '노리다케' 그릇은 직접 운반하겠다고 했다. 일본에서 4년 반이 넘는 시간을 보내고 귀국 이사를 준비하며 겪은 일이다.

'노리다케'는 우리나라의 '한국도자기' 같은 일본의 국민 도자기 브랜드 중 하나다. 유독 노리다케가 한국 주부들에게 인기 있는 이유는 바로 홍차 잔 때문이다. 홍차 잔은 커피잔과 다르게 입구가 넓게 퍼져있고 잔의 내부는 화려한 무늬로 장식되어 있다. 검은색 커피와 달리 투명하고 옅은 갈색을 띠는 홍차가 홍차 잔에 담기면 맑고 부드러운 갈색 액체 밑으로 아름다운 그림들이 비친다. 홍차의 향기에 취하고 맛을 보며 한 번, 홍차에 비추어진 잔잔한 꽃들을 감상하며 한 번. 홍차를 두 번 즐기는 것이다. 그릇 보는 것을 좋아하고 관심 있었지만, 아직 가지고 싶은 정도는 아니었기에 노리다케 홍차 잔에 홍차를 내어 주는 카페에 가서 즐기는 정도였다.

귀국하기 1년 전, 대규모 아웃렛 하나를 알게 되었다. 요트장을 끼고 들어선 아웃렛에 남편과 나는 나들이 겸해서 자주 갔다. 딱히 무언가를 사기보다는 야외에 온 느낌이 좋았다. 갑갑한 도시의 빌딩 숲에 있다가 바다 옆에 서구적인 아웃렛 건물들이 낮게 늘어서 있고, 여유롭지만 활기차게 오가는 사람들의 모습에 속이 탁 트였다. 적당히 짭조름한 해조류의 냄새는 부산 사람인 나에게 편안함을 주었다. 지금은 우리나라에서도 흔한 아웃렛의 모습이지만 당시에는 꽤 신선했다. 꼭 TV에서 본 하와이의 쇼핑몰 같아서 휴양지 느낌도 났다.

우리는 정작 거기까지 가서 눈으로만 쇼핑했다. 비싸니까. 일본 물가에 적응을 했다고 해도 여전히 우리에게는 고가의 것들이었다. 그런데 거기서 그만 그릇 매장을 발견하고 말았다. 그것도 그 유명한 노.리.다.케. 구경이라도 하자며 달려간 곳에는 물론 예의 홍차 잔도 즐비했다. 하지만 비쌌다. 아쉬운 마음에 눈을 돌렸더니 넓은 테이블 위에 노리다케 생활자기 라인인 '로얄 오차드'를 가득가득 쌓아 놓고 대폭 할인을 하고 있었다.

"우리 한국 들어가면 어차피 그릇이 필요하잖아. 이거 억수로 싸게 파니까 여기서 사 가자. 이거 진짜 유명한 거데이. 노리다케다, 노리다케. 얼마나 유명한 건지 아나."

남편에게 적극적으로 영업했다. 남편도 나와 비슷한 결을 가진 사람이다. 연애 시절부터 그릇에 대한 이야기를 많이 들었기 때문에 노리다케라는 브랜드 정도는 알고 있었다. 게다가 그것의 원산지에서 아주 저렴하게 판다는데 그냥 지나칠 리 없었다. 나보다 더 적극적이었다.

"근데 이거 나중에 한국 갈 때 어떻게 들고 가지? 깨질 건데."

"걱정 마라. 내가 '이고 지고'서라도 가져가면 되지."

역시 믿음직한 내 남편. 둘은 기분 좋게 그릇들을 주워 담았다. 접시는 크기 별로, 한국식 반찬을 담기 딱 적당한 크기의 찬기와 넓고 옴폭해 국물이 자작자작한 조림을 담기에 적당한 수프 볼까지. 차가 없던 우리는 신문지에 하나하나 싼 그릇들을 양손에 들고 전철을 몇 번이나 갈아타며 집으로 돌아왔다. 무거운지도 모르고 그저 신나기만 했다. 그게 귀국하기 몇 달 전의 일이었다.

그 무렵 우리는 얼른 한국으로 돌아가고만 싶었다. 아무리 말이 통하고 우리나라보다 발전했다고 해도 남의 나라에서 산다는 것은 땅에 발이 붙어있지 않은 것 같았다. 나는 내 땅에 내 발을 딱 붙이고 살고 싶었다. 정착하고 싶었다. 하루빨리 자리 잡고 싶었고 다른 친구들처럼 평범하고 안정적인 생활을 하고 싶었다. 한국으로 돌아만 가면 내가 하려고 하는 일도, 남편의 일도 척척 진행될 줄 알았다.

우리는 늘 한국에 돌아가면 어떻게 살겠다는 말을 끊임없이 했던 것 같다. 이것도 하고 저것도 하고 이것도 먹고 저것도 먹고. 그때 나는 멸치 육수를 진하게 우려낸 잔치국수가 그렇게도 먹고 싶었다. 나에게 있어서 소울 푸드는 무엇일까. 엄마의 맛은 무엇일까. 고민하던 시절이 있었는데 거기서 답을 찾았다. 고작 잔치국수 하나가 너무 먹고 싶어서 간장과 가쓰오부시 육수 냄새를 풍기는 일본의 거리가 싫었던 적도 있다.

매일 남편과 한국에서의 생활을 상상하며 지냈다. 세계의 모든 것이 모여 있는 도쿄였기에 우리의 눈은 높아질 대로 높아져 있었다. 무언가 조화롭지 않은 소품들을 기념이라며 잔뜩 사 모았고 그것들을 어디에 진열할지 꿈꾸곤 했다. 노리다케 그릇도 그런 맥락의 것들이었다. 공중에 붕 떠 있는 것만 같은 이 불안정한 생활에서 벗어나 땅에 발을 딱 붙이고 뿌리 내리고 살 곳에서 쓸 내 물건.

드디어 귀국하는 날, 국제 이사를 맡기고 남은 트렁크 두 개와 백팩들. 큰 트렁크에는 당장 필요한 옷가지와 생필품들이 들어있고 작은 트렁크에는 그동안 수집해 놓은 그릇들과 깨지면 안 되는 귀중품들을 담았다(유학생에게 귀중품이란 별거 없지만). 남편은 '이고 지고'의 약속대로 그릇이 든 트렁크를 소중하게 운반했다. 나는 덜렁이라 깨지지 않게 운반할 자신이 없었다. 깨진 그릇이 나오더라도 책임을 피하고 싶었던 나는 무조건 그릇이 든 트렁크를 남편에게 맡겼다. 바로 그 안에는 나의 소중한 '노리다케 로얄 오차드'가 들어 있었다.

비행기 시간 때문에 아침 일찍 움직여야 했다. 공항 철도를 타기 위해 우리는 악명 높은 도쿄의 출근 지옥 시간을 거슬러 가야 했다. 출근 시간대에는 모든 에스컬레이터를 한 방향으로 바꿔 놓았고 그 당시 도쿄에는 엘리베이터가 없는 역도 많았다. 우리는 무거운 짐을 이고 지고 계단으로 갈 수 없다고 판단하고 역무원에게 혹시 엘리베이터가 없냐며 조심스럽게 물었다. 역무원은 1초의 망설임 없이 우리에게 아주 미안해하며, 똑같은 검정 양복을 입은 사람들이 개미 떼처럼 밀려 내려오는 에스컬레이터를 세우고 우리 부부 두 사람만 올라갈 수 있게 방향을 바꾸어 주었다. 그 주위로 몇 명의 역무원들이 밀려드는 회사원들을 막고 있었다. 따가운 시선이었는지 아무런 생각이 없었는지 모를 사람들의 시선이 우리에게 꽂혔다. 물론 대부분은 핸드폰을 보며 에스컬레이터가 다시 방향을 바꾸기를 무료하게 기다릴 뿐이었다. 출근 시간에 쫓겼을 다수가 소수를 위해 배려해 주는 것에 고마움을 느꼈다. 얼른 탈출하고 싶었던 그곳에서, 그것도 일본의 생활을 모두 정리하고 귀국하는 날. 여전히 일본과의 관계는 속이 상할 정도로 껄끄럽고 풀리지 않은 일투성이지만 그때 받은 배려는 내 마음속에 크게 자리 잡고 있다.

우리는 지옥의 출근길을 거슬러 올라갔고 무사히 공항 철도를 타고 공항에 갈 수 있었다. 물론 공항에서도 그릇이 든 트렁크는 수하물로 부치지 않고 가지고 다니며 기내 반입으로 소중히 지켜냈다. 그렇게 엄마와 형님이 주신 코렐 그릇들과 함께 노리다케 로얄 오차드는 내 찬장에 조심조심 자리를 잡았다. 힘들게 이고 지고 올 정도로 비싸지도, 고급스럽지도 않은 그릇들이었지만 그때 내가 가지고 있는 그릇들 중 제일 좋은 것들이었다. 우리 부부의 정성과 고생이 담겨 있기 때문이다. 친구들이 놀러 오면 그 그릇을 꺼내 음식을 담아 슬며시 놓으며 "이 접시가 말이야!"로 시작하는 기나긴 이야기를 해주곤 했다. 듣는 사람은 곤혹스러웠겠지만, 나에게는 세상 풍파 다 겪은 신나는 모험담이었다. 그러나 그때는 이미 영국 웨지우드사의 '보타닉 가든'이 주부들의 마음에 들어와 있었다. 보타닉 가든과 비슷하게 생겼지만, 그것은 아닌 내 노리다케는 사람들의 구미에 맞지 않았을 것이다.

구입할 때부터 내 찬장에 들여놓을 때까지, 작은 흠집이라도 날까 애지중지 여긴 귀하신 몸이 지금은 접시 세 장, 찬기 두어 개 남았다.

이 그릇을 사던 날의 날씨, 바람을 기억한다. 청명한 여름 날, 아직은 해가 쨍쨍 내리쬐는 오후였다. 머리카락을 살짝 날리는 바닷바람이 기분 좋게 불었고, 햇빛에 눈이 부셔 살짝 찌푸리기도 했다. 눈이 가는 곳마다 온통 반짝이던 날이었다. 왜 이렇게 그릇을 얻은 날의 기억은 생생할까. 내가 돌아가 터 잡고 살아내야 할 곳을 위해 장만한 그릇은 더 각별해서였을까. 그때 그 알 수 없는 몽글몽글함이 지금도 몇 안 남은 그것들을 보면 되살아난다. 다른 사람들은 음악을 들으면, 냄새를 맡으면, 소리를 들으면 관련된 어떤 일이 영화처럼 떠오른다고 하지만 나는 그릇을 볼 때 그렇다. 나에게 그릇은 머리를 한 대 맞으면 특정 시간으로 순간 이동되는 뿅망치다. 짝이 맞지 않지만, 여전히 나는 그 그릇들을 제일선에 두고 하루에 한 번 이상 쓰고 있다. 억척스럽게 지켜낸 노리다케 접시에는 나만 가지고 있는 서사가 있다. 내가 발붙이고 살 터전으로 돌아갈 날만을 손꼽아 기다리던 그때 그 이야기.

만남의 광장

8인용 식탁

1년 전쯤에 우리 가족의 네 번째 집으로 이사했다. 물론 한국에서의 생활만으로 따지면 말이다. 결혼하고 한 4년 반을 일본에서 살다가 귀국하고 8년은 고향에서 살았다. 딸아이가 초등학교 입학할 즈음에 지금 사는 도시로 이사 왔다. 아무런 연고도 없던 곳으로 갑자기 이사를 해야 했지만 어디든 정붙이고 사는 곳이 고향이지 싶었다. 사람 사는 곳은 다 똑같겠지 하는 근거 '있는' 자신감도 있었다. 왜냐하면 아는 사람 하나 없는 일본에서도 이곳저곳 이사하며 잘 살았기 때문이다.

내 예상은 적중했다. 사람 사는 곳이 맞았다. 심지어 생각보다 내가 소도시형 인간이라는 사실도 알게 되었다. 심하게 바쁘거나 복잡하지 않고 여기저기 운전하고 다니며 적당하게 편리하고 살짝 아쉬울 정도로만 불편한 지방 작은 도시의 매력에 푹 빠졌다.

만약에 대도시에서 계속 살았다면 절대 하지 않고 살았을 일들을 이곳에서는 불편함 없이 할 수 있었다. 먼저 운전을 시작했고, 좋아하는 작가의 강연을 들으러 이 서점 저 서점을 찾아다니며 즐길 수 있었다. 에세이 쓰기 수업이나 독서회 같은 모임도 적극적으로 참여할 수 있었다. 집 뒤편으로 슬리퍼를 신고 갈 수 있을 정도로 가까운 곳에 공연장이 있어 공연도 자주 보러 갈 수 있었다(실제로 슬리퍼를 신고 공연을 보러 간 적은 없다). 부산에서 운전을 한다는 것엔 아주 큰 용기와 담력이 필요했다. 공연이나 작가 초청은 아주 먼 곳에서 이루어졌고 대중교통으로 찾아가려는 시도만으로도 급피로해졌다. 부산에서 살 때는 내가 사는 그 동네 말고는 다른 세상이라고 생각해서, 살고 있는 동네를 빠져나올 생각도 하지 않는 우물 안 개구리였기 때문이다.

그런 내가 이 작은 도시로 이사 와 정착한 지 9년 차에 또 다른 동네로 이사했다. 새로 시가지가 만들어지기 시작하는 동네였다. 이 집으로 이사한 지 1년 만에 집들이를 했다. 서로 가까이 지내면 안 되고 거리를 두어야 한다는 팬데믹 시대를 지나고 있기 때문이었다. 거리 두기가 해제된 후 언제 다시 분위기가 얼어붙을지 모를 일이니까 때를 놓치지 말고 그들을 초대하자고 마음먹었다. 우리 집에 온 이들은 우리가 처음 군산에 터를 잡았을 때부터 사이좋게 지내주던 이웃 세 가족이다. 아이가 어릴 때는 어린이들까지 합쳐서 모두 13명이 모였다. 지금은 청소년과 고학년이 된 학생들은 떼어두고 엄마, 아빠들끼리만 한 번씩 만나 자유를 누리곤 한다.

그렇게 잘 어울려 지내던 이웃들을 초대해 집들이를 하게 되면서 우리 집의 큰 식탁이 더욱 빛을 발했다. 식탁은 짙은 갈색과 고동색이 어우러져 중후하지만, 날렵한 상판과 세련된

다리 때문에 무거워 보이지 않는다. 타원형을 변형한 디자인으로 가로 2,100mm, 가장 넓은 폭은 950mm이고 가장자리 두 면의 폭은 850mm이다. 딱 떨어지는 직사각형이 아니라 가운데가 가장 넓고 양 끝으로 갈수록 곡선을 이루며 나아가다가 가장자리에서 일반적인 사각 테이블의 형태로 맞춰진다.

나는 우리 집에서 가장 좋아하는 가구인 식탁에 좋은 사람들과 함께 모여 앉아 먹고 마시며 달뜬 분위기에 취했다. 꼭 영화 〈완벽한 타인〉의 포스터를 보고 있는 듯했다. 큰 식탁에 초대받은 친구들이 둘러앉아 먹고 마시며 긴장의 끈을 놓지 못했던 영화. 물론 오고 가는 이야기는 영화의 내용과는 아무런 관련이 없었다. 그저 아이들 키우는 이야기, 함께 하고 있는 공통의 취미 생활 이야기 등으로 무르익었다. 영화처럼 음흉하지도 않았고 겉과 속이 다르지도 않았다. 멋스러운 식탁은 우리 부부를 포함한 성인 여덟 명의 흥겨움을 거뜬히 견뎌주었다. 성공적인 식탁의 데뷔 무대이기도 했다.

지극히 개인적인 시간을 소중히 여기는 우리 가족이 제일 자주 모이는 곳은 식탁이다. 식사할 때는 당연히 식탁에 모여 앉는다. 그때 말고도 뭔가 꼭 짚고 넘어가야 할 일이 있을 때 하나 같이,

"여기 앉아서 이야기 좀 하자."

라고 말한다. 그 말을 들은 대상은 심히 불안한 표정으로 주섬주섬 의자를 끄집어내 엉덩이를 걸친다. 오늘의 대화가 평화 회담일지 파국으로 치닫게 될지는 아무도 모를 일이다.

이사를 하면서 남편과 내가 유독 고집스럽게 고른 것은 식탁이었다. 식탁만큼은 큰 것을 사자고 우리는 합의했다. 넓고 긴 식탁에서 여유 있게 식사도 하고 책도 읽고 공부도 하자고 했다. 그러면서 오히려 소파는 사지 않기로 했다(결국 사긴 샀다). 그냥 바닥에 앉아도 되고 누워서 뒹굴거리는 게 더 좋을 것 같다는 생각이었다. 잘 오지도 않지만, 만약 손님이 온다고 해도 어차피 식탁에 앉아 차도 마시고 이야기도 나눌 것이니 크게 자리만 차지하는 소파는 굳이 필요하지 않다고 의견을 모았다.

무조건 이케아의 하얀색 타원형 테이블을 고집하던 나와 짙은 색의 원목으로 묵직하게 무게를 잡아주는 일반적인 네모난 식탁을 고집하던 남편의 요구를 적절하게 배합한 이상적인 식탁이 우리 눈앞에 나타났었다. 우리 마음에 꼭 드는 식탁을 고르기 위해 여러 가구점과 인터넷 사이트, 이케아 등을 방문했다. 백화점도 가보고 일반 가구 전문 매장도 가봤다. 기성 브랜드 가구도 보고 주문형 가구도 찾아보았다. 그러다가 우리 부부가 즐겨 구매하는 가구 브랜드 매장에서 드디어 그 식탁을 만났다. 한눈에 반한 우리는 이사 가기 몇 달 전부터 몇 번이고 가서 확인을 하고 또 했다. 정말 이 식탁이 맞을까. 이것이 최선인가. 이 식탁을 마음에 두고도 또 다른 여러 매장을 둘러봤다. 역시 다른 대안은 없었다.

이 8인용 식탁이 우리 집에 처음 들어왔을 때 집 크기에 비해 식탁이 너무 큰 것은 아닌지 잠깐 의심했다. 정말 잠깐이었고 곧 익숙해졌다. 식탁이 크니 읽다 만 책, 마시던 컵, 각종 고지서들이 올라와 있어도 딱히 지저분해 보이지 않았다. 한쪽으로 슥슥 치우기만 해도 밥 먹을 때 전혀 방해가 되지 않았다. 한 번씩 넓은 식탁만을 믿고 옆으로 옆으로 미뤄두다가 식탁의 상판이 보이지 않을 정도가 되기도 하지만 그때는 또 재빨리 사사삭 치우면 될 일이다.

식탁을 앞에 두고 내가 좋아하는 자리에 앉으면 베란다의 큰 창이 바로 보인다. 그곳에 앉아있으면 도심에 있기는 하지만 꼭 산속 전원주택 안에 앉아있는 기분이 든다. 야트막한 언덕이 있고 작은 집들이 옹기종기 모여 있는 곳이 보인다. 실제로 작은지 어떤지는 잘 모르겠다. 그저 서정성을 높이기 위해 작은 집이라고 여길 뿐이다. 눈이라도 오는 날에는 꼭 스키장 리조트에서 보는 거대한 슬로프 같은 느낌이 든다. 스키장 리조트에서 숙박할 때 슬로프가 보이는 객실을 잡는 게 얼마나 힘든지 안다. 집에 편안히 앉아서 스키장에 놀러 온 기분을 낼 수 있으니 치열한 객실 잡기에 승리한 듯한 기분에 흐뭇하다.

나는 식탁에 앉아 그 창을 통해 계절을 본다. 커피 한 잔을 올려놓고 창밖을 넌지시 바라보면 시간이 흐르고 있음을 알게 된다. 언덕의 나무들이 분명히 눈으로 덮여 있었는데 어느새 눈은 녹았다. 앙상한 잿빛 가지들이 흔들리다 조금씩 물기 어린 움직임을 보인다. 생명이 움트려고 하나보다 싶을 때 어느 순간 하나둘씩 연한 초록 점점들이 보이기 시작한다. 새순이 돋아난 것이다. 그러다가 뜨거운 여름 하늘과 함께 언제 이렇게 짙어졌나 싶을 정도로 푸르르게 흔들리며 지낸다. 아차 하는 사이에 울긋불긋해진다.

약속이나 일정이 없는 날은 신발도 신지 않을 정도로 집 밖을 나가기 싫어하는 극강의 내향인이 집 안에서 그나마 계절을 느낄 수 있는 것은 베란다 너머로 자연이 있기 때문이었다. 아파트 생활에서 그나마 작디작은 사치를 부릴 수 있는 창밖 자연이 가장 잘 보이도록 식탁을 배치한 공도 있다.

어쩌면 주방에서 가장 하이브리드한 곳은 식탁일지도 모른다. 밥상도 되었다가 책상도 되었다가 취조실도 되었다가 회담장이 되기도 한다. 내가 제일 좋아하는 것은 카페가 되었을 때의 식탁이다. 따뜻할 때도 있고 차가울 때도 있지만 그런 커

피를 한 잔 옆에 두고 말 그대로 '멍때리며' 창밖을 바라볼 때,
세상에서 가장 호사스러운 시간을 보내고 있음이 틀림없다.

식탁에서 바라보는 싱크대와 거실. 싱크대도 정리해야 하고 거실에는 아침 전쟁을 치러낸 널브러진 옷이며 수건이 그대로 보인다. 애써 모르는 척, 안 본 척한다. 지극히 생활감 있는 이 공간들 사이에서 나 홀로 다른 세상에 있는 것처럼 행동한다. 아침에 새롭게 생겨난 1시간은 식탁에서 즐기는 나만의 시간.

설거지는 싫어합니다만

"개수대 방향을 바꿔 달라! 바꿔 달라!"

실크 블라우스보다 커피잔

옛날 옛날 아주 먼 옛날, 내가 고등학생에서 대학생으로 넘어갈 즈음, 『쎄씨(Ceci)』라는 패션 잡지가 있었다. 『우먼센스』, 『여성동아』 같은 여자 어른들이 보던 잡지만 있던 시절, 10~20대를 겨냥한 패션 잡지가 론칭했다. 당시에는 『논노』나 『앙앙』이라는 여학생 타깃의 일본 패션 잡지가 유행하고 있었다. 아직 일본 서적이나 노래, 영화 등이 공식적으로 유통되기 전이었기 때문에 『논노』나 『앙앙』을 보기 위해서는 일본 서적 전문 서점에 책값에다 배송비와 수수료 등까지 더한 돈을 지불하고 구매해야 했다. 그런 와중에 우리나라에도 일본의 『논노』와 같은 잡지가 생겼으니 얼마나 인기 있었는지는 짐작할 수 있을 것이다. 동네 서점에서 손쉽게 사 볼 수 있는 패션 잡지가 나왔다는 말은 여학생들을 위한 새로운 문화가 생겨났다는 것과 함께 패션 시장이 크게 출렁거렸다는 것을 뜻했다.

어쨌거나 『쎄씨』는 보지 않는 여학생이 없을 정도로 인기가 있었다. 최신 유행 아이템이나 스트리트 패션 사진과 인터뷰가 실리며 각광을 받았다. 심지어 실제로 내 친구 커플이 잡지에 실린 적도 있다. 그 당시 『쎄씨』의 인기몰이에 힘입어 10~20대를 겨냥한 여러 패션 잡지들이 등장했다. 잡지를 사면 주는 사은품들 또한 거창했다. 백화점 1층에서나 볼 수 있는 유명 해외 브랜드 화장품 샘플들을 얻을 수 있었기 때문에 호기심에 여러 잡지를 사기도 했다. 그 당시의 나는 고급스러운 향기와 화려한 조명으로 반짝이던 백화점 1층에 들어서면 늘 마음이 간질간질해졌다. 학생 신분으로 그 비싼 화장품들을 매장에서 살 수는 없었지만, 어른 잡지에서만 보던 화장품에 대한 호기심과 적당한 허영심을 채워주기도 했다. 게다가 매달 친구들과 서로 다른 잡지를 사서 돌려보는 재미도 쏠쏠했다.

그런데 나는 조금 특이한 부류였다. 패션과 뷰티를 다룬 잡지보다 비슷한 시기에 출간한 것으로 기억하는 요리 잡지 『쿠켄』을 더 좋아했다. 당시 『쿠켄』은 본격 요리·푸드스타일링을 다룬 유일한 잡지였다. 일반 여성 잡지에는 구색 맞추기 식으로 몇 페이지만 할애해서 실은 조잡한 음식 사진과 레시피가 있었다면, 『쿠켄』은 한 권이 통째로 제대로 된 레시피며 푸드스타일링 화보였다. 그야말로 화보였다! 비싼 수입 브랜드의 옷이나 가방이 아닌, 한 접시의 음식을 두 쪽에 걸쳐 패션 화보처럼 편집한 스타일리시한 잡지였다. 푸드 스타일링의 세계가 아직 널리 알려지지 않았던 그때, 각 분야의 푸드 스타일링 전문가들이 총출동해 작업한 화려한 음식 사진과 그릇, 스타일링에 혼이 쏙 빠졌다. 처음으로 정기구독까지 해가며 보던 잡지였다. 나의 그릇 사랑은 아마 그때부터였지 싶다.

무궁무진한 그릇의 세계에 처음으로 눈을 떴다. 요리 잡지를 보며 맛있어 보이는 음식을 '나도 만들어 봐야지.'가 아니라 '저 예쁜 그릇은 도대체 어디서 구하는 걸까?'라는 생각으로 탐독했다. 패션 화보 못지않은 고퀄리티의 음식 사진 옆에 깨알같이 적어 놓은 그릇 정보들을 하나하나 읽으며 그릇 브랜드에 대한 정보들을 익혀나갔다. 『쿠켄』은 음식이 주인공이었지만 내게는 그릇이 주인공이었다. 또래들이 패션 잡지를 보며 자신을 스타일링하는 연습을 할 때 나는 당장은 사지도 못하고 써먹지도 못할 식기들에 열을 올리고 있었다. 그저 음식 사진을 멋지게 담은 화보를 보는 것만으로도 정말 행복했다. 적어도 나에게 그것들은 감히 예술이라고 말할 수 있었다. 사은품이 탐나서, 심심해서, 한 권씩 사 봤던 패션 잡지들은 미련 없이 다 버려도 정기구독으로 모아둔 『쿠켄』은 버리지 않았다. 시간 날 때마다 들춰보며 나만의 소소하지만 확실한 행복의 시간들을 보내곤 했다. 디지털 미디어 사회로 진화하면서 점점 잡지들은 인터넷 속으로 들어가 버렸고 마니아들을 위한 『쿠켄』 같은 잡지는 더 빨리 실물 시장에서 자취를 감추어 버린 것이 아쉬울 뿐이다.

나는 그렇게 그릇의 세계에 스며들었다. 그릇과 커트러리,

신기하고 새로운 조리 도구들. 가치관이 형성되는 20대 초반에 그릇의 매력에 빠져서일까 예전만큼은 아니지만, 여전히 그릇에 대한 애정은 식지 않는다. 그런데도 요리에 빠지지 않는 것을 보면 참 신기하다. 보통 요리를 좋아하면 그릇을 좋아하게 된다거나 그릇을 좋아하다 보면 요리에 관심을 가지게 마련일 텐데 그저 우직하게 그릇만이 좋다. 알 수 없는 나의 내면세계란. 아무튼, 그릇이 좋고 예쁜 커트러리가 좋고 특이한 조리 도구가 좋다. 그런 것들이 보이면 쓰지 않더라도 부지런히 모아둔다. 아무래도 나는 다람쥐띠인 것이 틀림없다. 미니멀리스트는 진작에 포기했다.

경제활동을 하는 어른이 되고 나서부터는 나도 내가 갖고 싶은 그릇들을 하나씩 사 모을 수 있게 되긴 했다. 내가 그릇을 사든 옷을 사든 신발을 사든 아무도 간섭하지 않는 시기가 오기는 했다. 아이를 키우며 사귄 맘 친구들은 제각각의 취향을 가지고 있었기 때문에 함께 쇼핑을 가면 중점적으로 구경하는 매장이 달랐다. 누구는 이불 매장(그녀는 내 그릇 사랑만큼이나 이불을 사랑했다), 누구는 식품. 나에게는 언제나 그릇 매장이 제일 우선이고 가장 오랜 시간을 보내던 곳이었다. 그릇을 파다 보면(덕후 용어-애정을 쏟고 파헤치다 보면) 내가 살 수 있는 그릇보다 손에 넣지 못할 그릇들이 더 많다는 것을 알게 된다.

유럽의 마이센, 헤렌드, 로얄 코펜하겐, 리처드 지노리, 베르나르도 등은 내게는 너무 먼 당신들이었다. 국내 백화점에는 들어오지 않은 식기 브랜드들이 외국 백화점에는 생활 도자기처럼 매장을 차지하고 있는 것을 보며 감탄하고 부러워한 적도 많았다. 그것들을 갖지 못해 우울해하기보다는 멋진 스타일링 화보를 보거나 백화점 매장에서 직접 구경하는 것만으로도 충분히 행복했다.

그렇게 패션, 뷰티 잡지보다 요리 잡지를 더 좋아하던 아가씨는 시간이 흘러 여전히 옷이나 화장품보다는 그릇에 욕심 많은 아줌마가 되어 있다. 그것도 그냥 비어 있는 그릇을 좋아하는 아줌마로. 지금도 백화점 1층보다는 꼭대기 층이 더 좋다.

오늘도 벽보고 벌서기

설거지하고 돌아서면 밥 먹을 시간이고, 밥 먹고 나면 또 설거짓거리가 쌓인다. 뫼비우스의 띠인가. 끝없이 돌아가는 설거지 사이클. 음식 만들기를 후딱후딱 해내지 못하는 나는 식사 준비하는 것만으로도 진이 빠진다. 밥 먹을 때는 이미 지쳐 있다. 너무 지쳐 밥을 먹기 싫을 때도 있다. 그런데 밥까지 먹고 나면 곧바로 식곤증이 오는 타입이라 몸을 움직이기도 싫을 만큼 피곤해진다. 피곤한데 벽보고 벌까지 서야하다니.

나는 결혼하기 전부터 싱크대의 개수대가 벽을 향하고 있는 구조가 너무 폭력적이라 마음에 들지 않았다. 우리나라 가정의 주방은 대부분 벽 쪽에 수도꼭지가 있다. 식사를 하고 나서 다들 배 두드리며 일어나 거실 소파에 앉아있거나 자기 방에 들어가 휴식을 취할 때, 누군가는(주로 주부) 벽을 보고 서서 설거지를 해야 한다. 설거지하는 사람을 신데렐라나 콩쥐가 된 기분이 들게 하는 그 구조. 그게 늘 못마땅했다.

식사 준비한다고 힘들었는데 설거지까지 혼자 묵묵히 뒤돌아 해야 하는 건가. 그래서 주방용 TV도 나오고 식기 세척기도 나왔을 것이다. 주방용 TV는 대부분 공중파 방송이나 라디오만 틀 수 있다. 그나마 주방의 더운 열기나 수증기로 금방 고장이 난다. 고장 나면 고치기도 귀찮고 은근히 수리비가 많이 든다. 식기 세척기도 써 봤지만, 이런저런 불편함과 불만족으로 방치하고 그저 냄비 수납장으로 쓰고 있다(식기 세척기 이야기는 나중에 자세히).

딸아이가 어릴 때 많은 육아서를 읽었다. 각종 TV 부모 특강도 챙겨 보고 현장 강연도 들으러 다녔다.

'엄마는 처음이라….'

머리를 긁적이며 부모 공부를 해야 했다. 책이나 강연에서 약속이나 한 듯 똑같이 하는 말이 "엄마가 집안일을 할 때 아이가 부르면 손 놓고 즉각적으로 아이에게 반응하세요."라는 말들이었다.

이 이야기들을 들으며 처음에는 '아, 그렇게 해야 좋은 엄마구나.' 하는 생각에 노력했다. 시간이 지날수록 '이런 이야기를 하는 전문가들은 과연 자기 손으로 살림을 하며 아이를 키운 게 맞나?' 하는 의심이 스멀스멀 올라왔다.

나는 아이가 갓난아기일 때부터 나름 지켜온 원칙이 있다. 아이가 자는 동안에 집안일을 하지 않는다는 것이다. 아이가 잘 때는 나도 잠을 자거나 휴식을 취하자. 아이가 잘 동안 청소나 빨래, 설거지 등의 집안일을 하기 시작하면 나는 정말로 쉴 시간이 하나도 없어진다는 것을 깨달았다. 아이가 자는 동안 조금 치운다고 해도 결국 집은 금방 똑같이 어질러진다. 집안 꼴이 엉망이 되더라도 나는 내 휴식 시간은 챙겨야 했다. 그

것이 내가 지치지 않고 육아를 할 수 있는 방법이라고 생각했다. 자연히 나는 아이가 혼자서도 잘 놀고 있을 때 틈틈이 설거지도 하고 빨래도 했다.

딸아이를 4살 때까지 어린이집에 보내지 않고 내가 데리고 있었다. 마침 그 당시 우리 집 뒤에는 산도 있고 공원도 있었다. 도서관도 있고 예쁜 오솔길 산책로도 있었다. 가을이면 둘이 손잡고 솔방울을 주우러 다니고 여름에는 뒷산 작은 계곡에서 놀았다. 칼국수를 좋아하는 나는 아이와 손잡고 시장까지 걸어 내려가서 칼국수 집 투어를 하기도 했다. 딸의 친구와 동네 놀이터와 산책길을 누비며 다니기도 했다. 그렇게 낮에 아이와 실컷 놀러 다니다 집에 돌아와 보면 치울 일이 쌓여있다. 당연히 설거짓거리도 함께. 집에 돌아오자마자 서둘러 아이를 씻기고 대충 집을 치운 후에 싱크대 앞에 선다. 얼른 씻어야 저녁 식사도 준비할 수 있으니 서둘러 설거지를 했다. 그 습관이 남아 있어서인지 아이가 유치원이나 학교에서 돌아오는 순간부터 나는 집안일 출근이다. 그럴 땐 아이는 어김없이 나를 불러댔다.

"엄마! 분홍 토끼 어딨어?"

"거기 초록 상자 안에 있을 거야. 찾아봐."

"엄마, 안 보여. 찾아줘."

"잠깐만, 엄마 지금 손에 거품 묻어서 안 돼. 기다려."

"아니, 지금 빨리빨리."

또는,

"엄마, 놀아줘."

"엄마 지금 설거지하잖아. 혼자 놀고 있어."

"싫어, 심심해. 블록 하자."

"조금만 하면 다 끝나. 기다려 봐."

"엄마, 엄마, 엄마."

그놈의 '엄마' 소리는 끝이 없다. 제발 엄마 좀 그만 불러 주라. 아이들은 항상! 언제나! 늘! 한창 손에 비눗물을 묻히고 설거지를 하고 있을 때 "엄마!" 하며 애타게 부르거나 옷을 잡아 당기며 무언가를 요구한다. 그럴 때면 '아, 이거 하나만 씻으면 되는데, 조금만 더 씻으면 되는데.'라는 생각에 즉각적으로 손을 놓지 못할 때가 많았다. 아니, 대부분이었던 것 같다.

이럴 때 엄마가 등을 돌리고 설거지하는 게 아니라 아이에게 엄마의 얼굴을 보여주며 설거지를 할 수 있었으면 얼마나 좋았을까. 그럼 굳이 하던 일을 멈추지 않고도 아이의 눈을 보며 아이가 원하는 것을 귀담아들어 줄 수 있었을 텐데 하는 아쉬움이 있다. 괜히 개수대 위치에 핑계를 대본다.

우리는 자기가 원하는 대로 집을 짓고 살지 않는 한 지어진

집에 들어가 살아야 한다. 새로운 아파트의 모델하우스가 오픈할 때마다 설레는 마음으로 들여다본다. 요즘 주택 트렌드는 어떤가, 무슨 새로운 기술들이 들어왔나, 맞바람 치는 구조인가, 여기저기 꼼꼼히 둘러보게 된다. 그러나 그 어떤 번쩍번쩍한 새 아파트가 들어선다고 해도 개수대는 늘 벽에 딱 붙어있다. 아쉽다. 요즘 유행하는 ㄱ자, ㄷ자 싱크대의 개수대가 앞을 보게 설계할 수는 없을까? 가족들이 보이는 곳, 적어도 거실이 보이는 쪽으로. 아니 최소한 선택이 가능하게라도.

이제 주방 구조 설계가 좀 바뀌어야 하지 않을까. '몇십 년 전에 남성 설계자들이 만들어 놓은 설계도로 짓고 있는 건 아닌가.' 하는 의문이 생긴다. 물론 개수대가 오픈되어 있으면 지저분해 보여 싫다고 할 수도 있다. 그러나 그것 또한 전문가들이 해결해야 할 부분이다. 얼마든지 심미적으로도 기능적으로도 혁신적인 구조가 나올 수 있다고 생각한다. 외국에서는 이미 오래전부터 가족을 바라보는 구조의 개수대를 사용하고 있으니 말이다.

그냥 나는 설거지할 때 혼자 벽보고 하는 것이 싫은 사람일 뿐이다. 나 같은 사람들이 또 있지 않을까? 더 나아가 많이 있지 않을까? 우리가 함께 힘을 모아 연대를 만들고 적극적인 정치 활동을 해야 하나?

"개수대 방향을 바꿔 달라! 바꿔 달라!"

그저 헛웃음만 나온다. 그저 설거지하는 사람에 대한 예의나 고민이 없는 우리 주거 문화의 무신경함이 싫은 밤이다.

식기 세척기의 배신

이번에는 설거지를 하지 않고 싱크대가 꽉 차도록 그릇을 모아두었다. 오랫동안 냄비 수납장으로 쓰고 있던 식기 세척기의 제 기능을 찾아 주기 위해서였다.

나는 식기 세척기 예찬론자로 오래전부터 식기 세척기를 사용해 왔다. 이전에는 싱크대 위에 올려놓을 수 있어 바로바로 그릇을 넣을 수 있는 6인용짜리를 사용했다. 새로운 집에 12인용 식기 세척기가 깔끔하게 빌트인 되어 있었기 때문에 이사 오면서 예전 것은 처분했다.

확실히 12인용 식기 세척기는 넉넉했다. 넣어도 넣어도 우리 세 식구가 사용한 흔적들을 충분히 소화해 냈다. 한동안 만족스럽게 사용하다가, 어느 날 물비린내가 나는 것이 너무 거슬렸다. 스팀으로 건조한 후 배수구에 고여 있는 물 때문인 것 같았다. 또한 빌트인 식기 세척기는 싱크대 개수대와 조금 떨어져 있어 그릇을 옮길 때 물이 뚝뚝 떨어지는 것을 처리하는 것도 귀찮았다. 한 끼 먹으면 나오는 식기들만으로 12인용 식기 세척기를 돌리는 것은 조금 낭비인 것 같은 느낌도 들었다. 이런저런 이유로 차츰 사용 빈도가 줄었고, 마침 쓰던 세제도 똑 떨어졌다. 더 이상 세제를 구매하지 않았고 결국은 냄비 수납장으로 쓰게 되었다.

일이 바빠져 설거지하는 것도 밀리고 힘도 들어 허덕이고 있을 때 문득 생각이 났다.

'아니, 저 멀쩡한 식기 세척기를 놔두고 내가 지금 뭐 하고 있는 거지?'

다시 식기 세척기를 가동할 생각에 세제를 찾기 시작했다. 원래 쓰던 세제보다 더 좋다는 블록형 고체 세제를 찾아냈다. 무려 해외 직배송이란다. 심지어 125개가 들어있는 대용량이었다. 그때부터 마음이 해이해지기 시작했다. 세제가 도착하기 하루 정도 전부터는 설거짓거리를 일부러 방치했다고 하는 표현이 맞을 것이다.

'어차피 식기 세척기가 다 해결해 줄 텐데 뭐.'

드디어 세제가 도착했다. 개수대에서 물이 흐르는 그릇을 하나하나 식기 세척기에 옮겨 넣고 따끈따끈한 세제 한 알을 집어던졌다. 룰루랄라 전원 버튼을 누르고 돌아서려던 참이었다. 뭔가 조짐이 이상했다. 시원스럽게 웅웅거리며 돌아가야 할 물살 소리가 나지 않았다. 그 대신에 액정 표시 창에서 불길한 문자만 깜박거렸다. 뭔가 빠졌나? 혹시 수도 밸브가 잠겼나? 이런저런 생각을 하며 몇 번이고 껐다 켰다를 반복했다. 결국 포기하고 서비스 센터에 전화해 AS 신청을 했다. 다시 물이 뚝뚝 떨어지는 그릇들을 하나하나 싱크대로 옮겼다.

'이럴 줄 알았으면 설거지를 미루지 말걸.'

어떻게든 조금 더 편해 보려고 애썼던 내 모습에 피식 웃음이 나왔다. 그래도 뭐, 다행히 내일 기사님이 오신다니까. 괜찮아.

기사님이 오셔서 여기저기 살펴보고는 부속품이 녹았다며 고치는 데 수리비가 꽤 많이 나온다고 했다. 그래도 뭐, 계속 쓸 거니까 고쳐야겠다고 생각했다.

"이건 지금 고쳐도 몇 개월 후에 다른 중요 부품이 고장 날 거예요. 그런데 그 부품은 단종돼서 더는 고칠 수 없어요. 그러니까 수리하지 않는 게 나을 거예요."

"네?"

"아파트 빌트인 제품들의 부품은 이제 더 안 나와요. 비슷한 시기 아파트들이 다 그래요."

아니, 어쩜 이럴 수가 있다는 말이지? 10년 정도밖에 되지 않은 아파트의 빌트인 가전제품에 들어가는 부품을 단종시켜 버리면 그 가전제품들은 어쩌란 말인가. 어이가 없었다.

집을 한번 지으면 사람이 적어도 10년 이상은 살지 않나? 10년이 뭐야, 20~30년도 기본이지. 요즘은 재건축 허가도 30년 이상 지나야 나오는데. 가전제품이 고장은 날 수 있다 쳐도 부품은 계속 만들어 수리는 가능하게 해줘야 하는 거 아닌가? 독립적인 제품들도 아니고 저렇게 붙박이로 박혀 있는 식기 세척기가 부품이 없어 수리할 수 없다니.

빌트인 제품의 부품 단종 문제는 식기 세척기만의 문제가 아니었다. 에어컨도 환풍기도, 주방 TV도, 중앙제어장치도. 뭔가 편의를 위해 많이 들어가 있을수록 그 수만큼 많은 문제가 생겨났다. 처음에 편리했던 기능들이 지금은 골칫덩이가 되어 버렸다.

새 아파트들의 으리으리한 구성의 최첨단 옵션들을 보면서 침을 흘릴 때도 있었다. 그런 최첨단 옵션 빌트인 제품들도 시간이 지나니 잔고장들이 생기기 시작했다. AS를 받을 때 늘 듣는 이야기는 '빌트인 제품이라 수리가 힘들어요.', '부품이 없어요.', '될지 안 될지 모르겠어요.'였다.

너무 빠른 기술의 발달로 새로운 기능이 담긴 제품은 끊임없이 생산되고 사람들은 그것들을 소비해야 한다. 원하든 원하지 않든 소비해야만 하는 구조가 되어 버렸다. 내가 식기 세척기를 무조건 사용해야 하는 사람이라면 기존의 식기 세척기를 떼어 버리고 새 제품을 넣어야 했겠지. 제조사에서 고쳐 쓰는 것을 원하지 않으니 말이다. 살 때는 내가 '갑'인 것처럼 굴지만 사고 난 후에는 '을'이 되어 버린다.

식기 세척기의 갑작스러운 배신에 몇 가지를 배웠다. 세상에 영원한 것은 없구나. 있을 때 실컷 누리자. 덤으로 오는 것에 큰 기대는 하지 말자. 설거지는 바로바로 하자.

식탁에서 누리는 아침과 밤

딸아이를 중학교에 등교시키며 자연히 이른 아침 생활이 시작됐다. 초등학생 엄마일 때와는 다르게 부담감과 책임감이 확실히 더 무겁게 다가온다. 어릴 적부터 편식이 심했던 딸은 중학생이 되어도 여전하다. 매일 밤 자기 전에 "내일 아침은 꼭 먹어야 돼!"라고 다짐을 받아 놓는다. 그러나 늘 같은 일의 반복이다. 아침 먹이기 전쟁. 거기다 요즘은 코로나19 때문에 매일 아침 일어나자마자 아이의 체온을 재고 '학생 건강 상태 자가 진단'을 보낸다. 혹시라도 깜빡할까 봐 알람 설정까지 해 놓았다. 물통은 잊지 않고 넣었는지, 교복 입는 날과 체육복 입는 날에 맞춰 옷은 세탁되어 있는지, 마스크는 챙겼는지 체크하고 통학버스에 늦지 않게 챙겨 보내는 게 일상이다. 중학생 엄마의 삶도 이렇게 피곤한 걸 보면 고등학생 엄마를 대비해 홍삼이라도 미리 챙겨 먹어야겠다.

여러 가지 단계의 미션을 무사히 마치고 딸은 현관문을 나선다.

"오늘도 잘 다녀와!"

엘리베이터가 1층에 도착할 때까지 지켜본다. 딸아이가 초등학교 입학할 때부터의 습관이다. 처음에는 초등학교 1학년짜리가 혼자 엘리베이터를 타고 가다가 혹시 고장이라도 난다면 바로 뛰어나가려고 대기하고 있었다. 그러다 그냥 매일매일 나만의 의식이 되었다. 잘 다녀오기를 바라는 마음을 담아 1층까지 눈으로 배웅하는 것이다. 1층에 도착해 화살표의 점멸이 끝나면 살며시 문을 닫고 들어온다. 그때쯤 남편도 출근한다. 그럼 이제 내 세상이다. 이른 아침에 시작한 덕분에 초등학교 다닐 때에 비해 1시간 정도의 시간이 더 생긴다. 몸은 피곤함으로 값을 치러야 하지만. 딸아이를 학교에 보낸 후 가장 큰 고민을 하기 시작한다. 잠깐의 여유 시간에 침대에 다시 누워 모자란 잠을 보충할 것인가, 아니면 뭔가 생산적인 일을 할 것인가. 전자가 이기는 날은 그냥 아무것도 못 하는 날이다. '하루를 공쳤다.'는 말이 그냥 있는 말은 아니라는 걸 깨달으며 후회하는 오후를 맞이하게 된다.

후자가 이기게 되면 우선 딸아이가 대충 끼적거려 놓은 아침상을 치우고 난 후 식탁을 깨끗이 닦는다. 그러면 이제부터 그곳이 내 작업실이 된다. 나는 하고 있는 일의 특성상 나만의 작업실이 따로 있다. 식탁보다 큰 테이블이며 책, 프린터, 제본기, 각종 필기구들, 파일들이 원하는 대로 일을 할 수 있게 갖추어져 있지만 나는 식탁에서 뭔가를 끄적거리는 것을 좋아한다.

내가 참여하고 있는 에세이 모임에서 필사 모임을 하면 어떻겠냐는 이야기가 나와 참가하게 되었다. 자기가 쓰고 싶은 책을 골라 글을 베껴 적고 SNS 모임방에 매일의 작업물을 사진 찍어 올리면 되는 것이다. 다른 사람은 어떻게 하고 있나 눈치 보거나 스트레스받을 일 없이 그저 자기만의 필사를 하면 되는 것이다. 그게 참 편안했다.

흔쾌히 좋다고 시작하고는 며칠 못 가 낙오하는 건 아닐까 걱정도 했다. 그런데 이 필사라는 것이 생각보다 엄청난 매력이 있었다. 꾸준히 뭔가를 하지 못하던 내가 책 한 권의 끝을 향해 가고 있다. 하루도 빠지지 않고 썼다고는 말할 수 없다. 일이 많았거나 피곤해서 눈이 시려 도저히 뜰 수 없던 날도 있었으니까. 하지만 거의 매일 쓰려고 노력했다. 친구들과 모임을 하고 온 날 밤에도 감기는 눈을 어쩌지도 못하고 휘갈겨 쓴 날도 있었다.

딸아이가 중학교에 가기 시작하면서부터는 늘 밤에 하던 필사를 아침 시간을 이용해 하게 되었다. 작업실이 된 식탁 위에 요즘 내가 필사하고 있는 책과 노트를 제일 먼저 펼친다. 어떤 책은 읽고 있는 중에도 베껴 써보고 싶다는 생각이 든다. 하지만 읽는 중 몰입감을 깨뜨리기 싫어 일단은 쭉 읽기만 한다. 일상에서 흔히 보는 사물이나 상황을 새로운 시각의 어휘들로 펼쳐내는 작가들의 글을 읽으며 '와, 문장 좋다, 표현이 멋지다.'라는 생각을 하지만 금방 다 잊어버린다. 그런 책은 그냥 덮기에는 아쉬워 필사로 다시 읽는 기쁨을 맛본다. 내 손으로 꾹꾹 눌러쓰며 한 번 더 곱씹어 보고 되새김질해 보는 즐거움이 필사에는 있다.

남편과 딸아이가 제각기 자기만의 공간으로 나서고 나면 나에게도 오롯이 나만의 공간이 열린다. 오늘같이 장맛비가 오는 날은 빗소리를 들으며 낭만적인 하루가 시작된다. 내가 좋아하는 공간에서 내가 좋아하는 책을 내가 좋아하는 방식으로 읽고 있다. 편안하고 소소한 행복이다.

식탁에서 바라보는 싱크대와 거실. 싱크대도 정리해야 하고 거실에는 아침 전쟁을 치러낸 널브러진 옷이며 수건이 그대로 보인다. 애써 모르는 척, 안 본 척한다. 지극히 생활감 있는 이 공간들 사이에서 나 홀로 다른 세상에 있는 것처럼 행동한다. 아침에 새롭게 생겨난 1시간은 식탁에서 즐기는 나만의 시간.

그리고 한밤중도 그렇다. 이따금 '윙-'하는 정수기 소리만이 한밤중의 정적을 깬다. 우리 집 '정쑤기 언니(부산 억양)'는 늦은 시간에도 열심히 일하고 있다. 본받아야 하는 걸까.

예전부터 탐내던 가볍고 작은 노트북을 갖게 됐다. 새것은 아니다. 남편의 사정에 의해 내 것이 되었다. 날렵한 노트북을 새로 바꾼 밝은 색깔의 식탁 테이블 위에 놓으니 왠지 작가의 작업실이 된 듯 근사하다. 언젠가 TV에서 본 작가의 작업 테이블이 꼭 이런 모습이었던 것 같다. 그래서일까. 뭔가를 쓰고 싶은 욕구가 생겼다. 글을 쓰기 시작하고 언제부터인가 나도 내 감정을 조금 더 잘 들여다보며 '도대체 뭐가 문제인 거야?'라는 물음을 스스로 하게 됐다. 화내고 짜증 내고 원망하기보다는 문제점을 찾아 혼자 힘으로 해결해 나가려고 노력하고 있었다. 그게, 그러고 보니 글을 쓰기 시작하면서부터였다는 생각이 든다. 내 감정에 조금 더 솔직해지면서 자존감도 회복되는 것 같다. 그냥 '재미있어, 짜증 나.'가 아니라 감정에 구체적이고 제대로 된 이름을 붙여줘야겠다는 생각을 해본다. 스스로 느끼는 감정의 이름을 알면 내 감정이 남의 판단에 맡겨져 마음대로 추측하게 내버려 두지 않을 수 있으니까.

'쌓인다'는 것은 참으로 고단한 일이다. 끊임없이 꾸준히 계속해야 쌓이는 것이니까. 나는 지금까지 어떤 일도 쌓일 정도로 해본 적이 없는 것 같다. 한 업종에 10년만 있어도 전문가가 된다는데 나는 늘 새로운 것에 현혹되었다. 생소한 것에 겁없이 덜컥 도전했다. 성공할 때도 있었지만 흐지부지 실패할 때도 많았다. 그때는 젊어서 괜찮다고 생각했는데 이 나이에 풀어낼 전문적인 지식 하나 없다는 게 부끄러움으로 다가온다. 그런데 또 생각해 보면 딱히 부끄러울 일인가 싶기도 하다.

한 분야를 깊이 알지는 못하지만 다양한 분야를 두루두루 경험했다. 그것 또한 내게 쌓여 지금의 나를 만들고 지탱하고 있다.

미녀 개그우먼 박나래가 그랬다던가. 개그 하는 박나래, 디제잉하는 박나래, 술 취한 박나래, 여자 박나래. 여러 박나래가 있어서 누구 하나가 힘들면 다른 박나래 때문에 괜찮다고.

요즘 나도 여러 명의 내가 생긴 것 같다. 그래서 조금 더 괜찮아졌나 보다. 쓰고 읽고 쌓이다 보면 내 글도 누군가에게 당당하게 보여줄 날이 오겠지. '글을 쓰는 자아'도 참 괜찮은 것 같다는 생각이 드는 밤이다.

이런 기특한 생각할 때도 나는 언제나 식탁에 앉아있다. 위풍당당하게 나를 내려다보고 있는 냉장고를 마주하고 앉아, 좌 싱크대 우 소파를 거느리고 깊은 밤을 지배하고 있다. 모두가 잠들어 있는 밤은 오롯이 나만의 시공간이다. 신기료장수의 요정들이 밤새 구두를 지어 놓듯 나도 나만의 글을 짓고 있다.

아침에는 나의 하루를 열게 하고 밤에는 나의 곤비함을 부드럽게 달래주는 것은 식탁이다. 보잘것없이 작은 공간이 주는 위로는 그 어떤 물질적인 보상과도 비교할 수 없다. 값비싼 그릇과 화려한 음식들로 덮인 식탁보다 깨끗이 텅 비어 있는 식탁이 건네오는 유혹은 뿌리칠 수 없이 치명적이다. 당장 책을 펼치고 노트북을 열고 싶어진다. 오늘도 다른 곳은 제쳐두고 식탁만은 열심히 치우고 닦는다. 내일의 위로와 평안을 위해.

설거지 백배 즐기기

돌려 말하며 미화하지 말아야지. 나는 설거지를 싫어한다. 단언컨대 집안 살림 중에 제일 하기 싫은 일이다. 다른 집안일은 끝이라도 있다. 오전에 청소기를 돌렸으면 청소는 끝이다. 세탁은 2~3일에 한 번이라는 루틴이라도 있다. 건조대가 비길 기다려야 하니 어쩔 수 없는 공백이 생긴다. 그런데 이놈의 설거지는 하루 종일 끝이 없다. 매일매일 매끼니마다 설거짓거리가 쏟아진다. 한 끼 설거지만 걸러도 싱크대가 넘친다. 제사가 끊이지 않는 종갓집도 아니고 밥도 매일 성실하게 해 먹지도 않으면서 그릇들은 왜 끊임없이 나오는지. 예전에는 게으름을 죄악시했지만, 시대가 바뀌었다. 하기 싫은 일을 최소한의 에너지를 이용해 효율적으로 빨리 끝낼 수 있는 방법들을 궁리해 내기 때문에 게으름은 오히려 창의적이라고도 한다. 나는 창의적인 사람까지는 바라지도 않는다. 어차피 피할 길은 없어 보이니 재미있게라도 할 방법을 찾아보는 수밖에.

제인 오스틴의 『오만과 편견』을 읽었다. 아니, 들었다. 책 좀 읽었다 하는 이들은 언제나 이 책을 이야기했다. 물론 아주 옛날에 '키이라 나이틀리' 주연의 영화로는 본 적이 있다. 오래전이었기도 하고 참재미를 느끼기에는 너무 어렸다. 나도 궁금해서 '그래, 내 눈으로 직접 읽어야지.' 하며 사놓은 지 몇 년.

처음 책을 받아 들고는 그 두께에 쉽사리 손이 가지 않았다.

아침에 눈 떠 잠 깰 요량으로 늘 가던 포털 사이트에 접속했다. 슥슥 넘겨보다가 한 유명 출판사가 『오만과 편견』을 오디오북으로 출판했고, 그 기념으로 기간 한정 무료 듣기를 제공한다는 광고를 보았다. 오디오북? 예전에도 싼 맛에 오디오북을 다운로드 받아 몇 번 들은 적이 있다. 들으면서 머리에 들어오지도 않고, 집중해서 듣지 않아 귀에 들어오지도 않았다. 그런 오디오북에 대한 선입견이 있었던 나는 속는 셈 치고 접속했다.

'뭐, 무료니까, 별로면 중단하고 책으로 읽으면 되니까.'

웬걸! 너무 재미있었다. 설거지하면서 "어머머머! 이거 완전 막장 드라마잖아!"라는 말을 육성으로 뱉은 적도 있었다. 성우들이 정말 실감 나게 책을 읽어주었다. 아니, 읽는다는 표현보다 연극을 오디오로 듣는 것 같은 느낌이 들었다. 처음에는 설거지할 때 무료함을 달래기 위해, 혹은 그냥 설거지만 하기에는 시간이 아까워서 듣기 시작했는데 끊을 수가 없었다. 그다음이 궁금해서 일부러 산책길에 나선 적도 있었다. 혼자 이어폰을 귀에 꽂고 여기저기 발길 닿는 대로 걸어 다니며 들었다.

남자 주인공인 다아시가 '가문의 훌륭한 서가를 물려주는 것은 훌륭한 유산'이라고 했을 땐 머리를 맞은 느낌이었다. 그래, 왜 나는 늘 책을 줄여야 한다고만 생각했을까? 책을 귀한 유산으로 여겼던 그 시대가 멋지기도 했다. 요즘은 책이 너무 흔하니 오히려 공간 부족으로 책을 더 늘리지 말아야 한다는 강박에 시달리고 있는 시대다. 다아시의 말에 머릿속이 말끔히 정리되는 기분이 들었다. 그저 모이면 모이는 대로 모으다가 그냥 중고 책방이나 하든지 말든지.

그렇게 설거지를 하며 일일 드라마를 보듯 『오만과 편견』을 읽었다. 아니, 들었다. 설거지가 끝나는 게 아쉬워서 이것저것 더 씻을 거리를 찾기도 했다. 이 경험이 너무 재미있어서 다음 책으로 고른 것은 에밀리 브론테의 『폭풍의 언덕』이었다. 그렇게 한동안 오디오북에 푹 빠져 설거지를 했다.

나는 원래 시각형 인간이라 라디오는 잘 듣지 않고 컸다. 대신에 어릴 때부터 TV를 아주 좋아했다. 지금 아이들의 스마트폰 중독을 나무랄 자격이 없을 정도로 TV를 좋아했다. 엄마는 드라마로 논문 쓰는 일을 하면 박사를 할 거라고 했다. 그때 적극적으로 그 분야로 진로를 잡았어야 했다. 요즘은 시청 시간이 많이 줄었지만, 여전히 드라마는 매력 있는 매체라고 생각한다.

한때 우리 집은 IPTV에 많은 돈을 들이고 있었다. 이렇게 새는 푼돈들이 모이니 무시할 수 없는 수준의 지출로 이어졌다. 마침 대한민국은 넷플릭스의 열풍에 휩싸였다. 우리 집도 빠질 수 없지. 모든 IPTV 방송국 월정액제를 끊고 넷플릭스로 갈아탔다. 이것의 좋은 점은 태블릿이나 핸드폰으로도 볼 수 있다는 것이다. 설거지를 하며 못 봤던 드라마를 한 편 한 편 떼 나가기 시작했다. 이쯤 되니 설거지가 더 이상 귀찮고 힘들지 않게 됐다. 다만 내가 영어를 아주 잘해서 자막을 보지 않고도 미드, 영드들을 볼 수 있었으면 좋겠다는 생각이 든다. 한국 드라마는 다른 일을 하면서 화면은 보지 않고 귀로만 들어도 내용 파악이 다 되어 극의 흐름을 이해하는 데 무리가 없지만 외국 영화나 드라마는 자막을 봐야하기 때문에 다른 일을 할 수가 없다. 넷플릭스의 무궁무진한 프로그램들을 설거지하면서 활용하지 못해 아쉽다. 아, 진작에 영어 공부 좀 해 둘걸.

넷플릭스까지 보는 마당에 설거지할 때 유튜브 시청은 당연하다. 첫 시작은 시사, 정치였다. 도대체 세상이 왜 그렇게 돌아가는지 답답한 마음에 찾아보기 시작했다. 그저 어른들의 말이 내 생각이라고 착각하고 살던 내게 세상은 모르는 것투성이였다. 그러다 점점 이건 아니지 않나? 의심하고 찾아보기 시작했다. 결국 내가 잘 알아야 다른 사람들에게도 당당하게 내 생각을 말할 수 있을 것이라고 생각했다. 즐겨 보는 유튜브는 1시간이 훌쩍 넘는 영상들이라 설거지 끝날 때까지 다른 것을 검색하지 않고 하나로 끝낼 수 있어서 좋았다. 그러다 코로나19로 집 밖을 나가지 못하던 때 북튜브를 알게 됐고 또 한동안 북튜브를 찾아보며 설거지를 했다. 북튜브도 질릴 때쯤 되니 유튜브는 특유의 알고리즘으로 인해 나를 미지의 세계로 마구 끌어당겼다. 생각지도 못한 분야의 영상을 접하기도 했다. 이것이 장점인지 단점인지 모르겠다. 다만 설거지할 때만 보는 것으로 나만의 원칙을 세웠다. 그러지 않으면 내 하루가 각종 영상에 점령당할 것을 너무나 잘 알기 때문이다.

단순 노동하며 틀어놓기에 딱 좋은 것이 유튜브다. 그저 틀어놓고 나는 내 할 일을 하면 된다. 주의 깊게 들을 필요도 없고 콘텐츠 특성상 유심히 들여다볼 필요도 없다. 그저 노동요처럼 틀어놓고 내 할 일을 묵묵히 하면 된다. 이용은 하지만 휘둘리지는 않겠다는 나만의 원칙.

물론 넷플릭스고 유튜브고 오디오북이고 다 소음처럼 느껴질 때도 있다. 설거짓거리가 조금밖에 없어서 뭔가를 틀기 위해 찾는 시간이 더 아까울 때, 혹은 그냥 아무 생각을 하고 싶지 않을 때, 반대로 고민이나 문제가 있어 해결책을 생각해 내야 할 때는 어떤 미디어 매체도 켜지 않는다. 설거지는 묘한 매력이있어서 쌓여 있을 때는 손도 대기 싫지만, 한 번 손에 물을 묻히고 수세미에 세제를 퍼올리는 순간부터는 기계처럼 하게 된다. 무념무상의 경지에 빠져들게 될 때도 있다. 복잡한 세상 그저 아무 생각 없이 손만 돌리는 거다. 거품 머금은 수세미로 그릇들을 닦고 물로 시원하게 씻어내는 과정. 점점 싱크볼은 비워져 가고 깨끗해진 그릇들이 쌓여가는 걸 볼 때면 기분도 덩달아 좋아진다. 허리는 아프고 다리는 붓지만 묘한 쾌감이 느껴진다.

반대로 무언가 해결해야 할 문제가 있다면 그때도 조용히 설거지를 한다. 혼자 생각에 빠질 수 있는 시간. 고민하고 있던 문제를 슬며시 꺼내 계속계속 곱씹어 생각해 본다. 이건 이렇게 됐는데 그다음은 어떻게 하지? 뭔가 방법이 없을까? 저렇게 하면 이게 문제가 되겠지? 계속 끊임없이 고민하고 궁리하다 보면 만화에서 자주 봤던 머리 위 전구가 번쩍 켜지듯 아이디어가 '팟!' 떠오를 때가 있다. 그럼 손에 묻은 거품을 씻어내고 재빨리 메모를 해 둔다. 그렇게 영감처럼 온 아이디어는 잊어버리기 쉬우니까. 그렇게 해결해 낸 문제나 풀어낸 글쓰기의 실마리들이 꽤 된다. 심지어 이 글도 그렇다. 설거지를 하다가 문득,

'내가 싫어하는 설거지를 이렇게 재미있어 할 때가 있네?'

싶어 곰곰이 생각해 보니 글을 써야겠다는 생각에 이르렀다.

'피할 수 없으면 즐겨라.'라는 말은 이제 너무 고리타분하다. 요즘은 '즐길 수 없으면 피하라.'라고까지 말한다. 나는 어느 쪽을 택했나. 피할 수 없으니 즐길 방법을 찾기 위해 고군분투했다. '이렇게까지 할 필요 있어?' 싶을 정도로 싫어하니까 이것저것 시도하게 되는 거다. 싫어하면 피해야 하나? 아니면 재미있게 할 방법들을 찾기 위해 고민해야 하나. 요즘 싫어지는 일들이 있다. 설거지에서 힌트를 얻었다. 싫을 일을 꼭 해야 한다면 더 들이밀고 그 속으로 들어가야 하는구나. 오늘도 설거지를 하면서 머릿속은 폭풍이 일어나길 기대해야겠다.

젊어 게으른 년, 늙어 보약보다 낫다

친정엄마도 시어머니도 어깨며 무릎이며 관절이 너무 안 좋으시다. 이제 연세가 있으시니 몸의 각 부분들이 말썽을 부린다. 기계라면 기름칠이라도 할 텐데 안타깝다. 몇 년 전, 어머님이 어깨 수술을 하시며 내게 당부하셨다. 젊을 때 몸 아껴 쓰라고.

그 시절 어머니들은 집안일에 너무나 몸을 혹사시켰다. 마룻바닥은 무릎 꿇고 앉아 나뭇결대로 걸레질하고, 추운 초겨울 날씨에 마당에서 칼바람을 그대로 맞아가며 몇백 포기씩 김장을 하고, 때가 되면 큰 장독에 장 담그고 남편과 많은 자식들 도시락 수발에 시부모 봉양까지 하며 살았으니, 관절이 남아나지 않았겠다 싶다.

그렇게 힘들던 시절이 다 지나고 요즘처럼 살림이 편해진 때도 없다고들 한다. 식기 세척기가 설거지하고 각종 조리 기계들이 주방에 서 있을 시간을 줄여준다. 거실엔 로봇 물청소기가 돌아다니고 김치는 필요하면 사시사철 언제든 구해 먹을 수 있다. 자식은 하나 아니면 둘인 집이 많고 어린이집부터 고등학교까지 급식을 먹으니 1년에 한두 번 소풍 가는 날 도시락 싸는 것이 전부다.

이렇게 몸이 편해지려면 얼마든지 편할 수 있는 시대에 나는 왜 그 무거운 무쇠솥과 무쇠 팬들을 사들였을까. 설거지할 때마다 손목이 시큰거린다. 무거운 무쇠 덩어리를 들었다 놨다 하며 씻는 것은 '내 손목을 줄 테니 맛있는 음식을 다오.' 와 같은 주술적인 의식과 같다.

시작은 '르크루제'였다. 그것이 나를 무쇠의 세계로 이끌었다. 처음 백화점에서 본 르크루제는 문화적 충격이었다. 어떻게 저렇게 예쁜 색색깔의 냄비가 있지? 호기심에 들어봤더니 어이쿠야, 내게는 그냥 예쁘고 비싼 무쇠 덩어리였다. 그런 게 있다는 것만 알고 지내다가 일본에서 르크루제를 사 모으는 주부를 보고 막연히 좋은 건가 보다라고만 생각했다.

한국에 들어와서 이제 진짜 내 살림을 장만하기 시작하니 그런 것들이 눈에 들어오기 시작했다. 무쇠로 음식을 하면 깊은 맛이 나고 빨리 식지 않는다고 했다. 오랜 시간 동안 끓여내는 조리 방법이 많은 한국 음식에는 무쇠가 제격이라고 했다. 대형 아웃렛에 가도 비싼 르크루제를 들었다 놨다만 하다가 라벤더 색깔 그릴 팬을 들고 왔다.

'이제 우리도 집에서 고급 레스토랑처럼 고기에 선명한 선이 그어져 있는 스테이크를 먹을 수 있는 거야.'

매번 고기는 거기에다 굽고 가니시를 곁들여 식탁에 올릴 생각을 했지만, 무쇠를 잘 다루지 못해 고기는 구울 때마다 들러붙고 설거지는 불편했다. 올록볼록한 요철마다 부드러운 수세미로 꼼꼼하게 닦아야 했고 바짝 잘 말리지 않으면 녹이 슨다고 하니 여간 신경 쓰이는 게 아니었다. 그렇게 몇 번 쓰고 나서는 고이고이 수납장에 자리를 잡고는 잊힌 존재가 되었다.

그러다가 '스타우브'를 만났다. 스타우브는 존재 자체가 완벽한 내 취향이었다. 명도가 낮아 깊은 색감을 띤다. 어쩜 이렇게 고급스러울 수가 있을까. 깊고 어두운 색감 때문인지 미역국을 끓이면 더 잘 우러나올 것 같은 착각이 들었다. 실제로 무쇠 냄비에 미역국이나 김치찜을 하면 푹 고아져 정말 맛있게 완성된다. 스타우브의 매력에 푹 빠져 손목이 아픈 것도 참고 스타우브를 하나둘씩 사 모으기 시작했다. 16cm 꼬꼬떼(스타우브에서는 냄비를 '꼬꼬떼'라는 이름으로 판매한다) 바질색부터 시작해 그레이 베이비웍, 블랙 더블 핸들 팬, 20cm 꼬꼬떼 석류색, 아시아볼 등.

흰쌀밥을 좋아하는 딸아이에게 급히 쌀밥을 해 줄 때는 작은 스타우브 냄비에다가 냄비 밥을 한다. 뚜껑을 열면 뽀얀 쌀밥이 아주 맛깔스럽고 새초롬한 자태로 나를 보며 '오늘도 밥이 하나도 안 타고 맛있게 됐어요.'라고 말하는 것 같다.

무쇠의 매력에 빠져 있던 내게 동네 동생이 무쇠 프라이팬 이야기를 했다. 여기에 기름을 두르고 전을 구우면 가장자리가 바삭바삭해서 무척 맛있다는 것이다. 전을 좋아하는 나는 또 그 이야기에 혹해 무쇠팬을 들였다. 처음 왔을 때는 열심히 각종 전을 부쳐 먹으며 끊임없이 가족들에게 내 무쇠팬의 실용성에 대한 동의를 얻어내려고 했다.

"어때? 확실히 맛있지? 바삭바삭하지?"

"응… 그런 것 같기도 하고… 보통 때랑 같은 것 같기도 하고…."

"아니, 이 김치전은 그냥 김치전이 아니라고. 무쇠팬에 부친 김치전이라니까?"

"그냥… 뭐… 괜찮네…."

하… 이런 무쇠팬에 구운 김치전도 못 알아보는 막입들 같으니라고…. 그냥 김치전에 막걸리나 마시자.

이 무쇠팬은 다른 무쇠 브랜드들과 달리 전통 방식으로 만들어 조금만 소홀히 해도 금방 녹이 슬고 만다. 내가 주기적으로 기름칠하며 길들여야 하는 전통 방식의 무쇠는 어렵다. 먼저 세제로 깨끗이 씻고 나서 비어 있는 팬에 기름을 골고루 발라 불 위에 올려두고 연기가 날 때까지 가열해 준다. 뒤집어서 밑바닥까지 두루두루 굽는다는 느낌으로 데운다. 그 과정을 몇 번 더 거친다. 너무 기름을 많이 바르면 기름떡이 덕지덕지 붙어 지저분해진다. 적당하다는 감각을 익히는 게 조금 까다

롭다. 그렇게 첫 손질을 하고 나면 초반 몇 번은 일부러 기름을 듬뿍 넣고 배춧잎이나 버리는 채소들을 볶으면 좋다고 했다. 팬을 쓰는 동안에도 주기적으로 기름때를 밀어내고 이 과정을 반복하라고 했다. 나는 거의 매일이다시피 김치전, 감자전 등을 구워 먹다가 기름칠 과정을 다시 해야 할 시점에 손을 놓아 버렸다. 지금은 한쪽 구석 프라이팬 정리대에 기름만 끈적끈적하게 들러붙은 채 꽂혀있다.

'젊어 고생은 사서도 한다.'는 말을 듣고 자라온 세대인 나는 이 말이 참으로 잔인하고 가혹하게 들렸다. 모두가 고생할 수밖에 없는 시대였지만 제 몸을 사리고 아끼려는 사람을 게으르고 요령을 피운다며 비난하는 말로 쓰이기도 했다. 실제로 젊을 때 고생했던 사람들이 부는 이루었는지 모르겠지만 몸은 다 망가진 것을 많이 봤다. 게으름의 가치는 나이가 든 후에 빛을 발한다.

'젊어 게으른 년, 늙어 보약보다 낫다.'

이 말을 처음 들었을 때 얼마나 통쾌했는지 모른다. 나는 젊어서도 늙어서도 육체적으로든 정신적으로든 고생을 덜 하며 살고 싶다.

그러나 무쇠 주방용품들은 이런 내 가치관과는 거리가 멀다. 무거워도 너무 무겁기 때문이다. 무쇠 주방용품들의 색깔

이 예쁘고 요리 좀 한다는 사람들은 다들 쓴다길래 매장에서 덥석 들었는데 그 순간 내 손목이 툭 떨어졌다. 다행히도 냄비는 떨어뜨리지 않았지만 내 손목의 인대는 나갈 뻔했다. 나는 무거운 것을 들고 넣었다 뺐다 하거나 설거지를 할 때마다 무슨 부귀영화를 누리려고 내 손목과 어깨를 혹사시키고 있나 생각하곤 한다. 실제로 SNS를 통해 무쇠를 쓰고 있다는 것을 알렸을 때 나중에 나이 들어 고생한다는 댓글이 달리기도 했다.

무쇠 냄비는 천천히 끓어올라 깊은 맛이 나는 미역국을 내게 준다. 젓가락으로 푹 찌르기만 해도 김치가 쭉쭉 찢어지고 고기가 부들부들 잘리는 김치찜을 준다. 허기진 딸아이의 피와 살이 될 하얀 쌀밥을 빨리 내준다. 보들보들 잘 부풀어 오른 달걀찜을 준다. 골고루 잘 익었지만 가장자리는 특히 바삭바삭해져 가족 모두가 좋아하는 김치전을 준다. 내 손목이 아파도, 비록 '젊어 게으른 년'에 어긋난 삶이더라도 무쇠는 내게 많은 것을 준다. 그것이 손목과 어깨를 힘들게 하면서도 포기할 수 없는 이유라는 결론을 얻었다.

주방에서 이탈리아를 꿈꾸는 방법

택배는 늘 반갑다. 그러나 예상치 못한 택배는 설렌다. 청명한 가을날, 부산에 사는 M은 생각지도 못한 기쁨을 내게 보내왔다. 내가 주문하지도 않았는데 택배가 도착하면 먼저 누가 보낸 것인지 이름을 보게 된다. 정말 나에게 온 것이 맞는지 한 번 더 확인한다. 내 이름도 맞고 보낸 이도 내가 아는 M이다. 그러고 나면 두근두근 설레는 마음으로 택배 상자를 뜯는다.

'뭐야 뭐야, 기별도 없이 뭘 보낸 거지?'

한껏 흥분하며 테이프를 뜯어내고 조심스레 내용물을 꺼내들었다. 상자 안에는 생협 회원인 그녀답게 '자연 드림'의 드립 커피와 생전 처음 보는 브랜드의 작고 길쭉한 상자 하나가 들어 있었다.

물고기 머리와 꼬리가 알록달록하게 그려진 상자에 'CAS-TELBEL PORTO(카스텔벨 포르투)'라고 쓰여 있는 것을 보니 회사 이름인 것 같았다. 상자는 이국적인 느낌을 물씬 풍겼다. 가운데에는 굵은 고딕체로 'SABONETE'라고 쓰여 있었다. 비눗방울을 일본어로 '샤본다마'라고 하니까 '비누라는 이야기인가?' 하고 끼워 맞춰 보았다. 어느 나라 말인가? 그냥 제품 이름인가? 작은 필기체 글씨로 'Sea Salt & Lemon'이라고 쓰여 있는 것을 보니 향기가 나는 무엇인가는 분명했다. 방향제일까? 디퓨저인가? 또 갖은 상상을 하며 상자를 여니 나의 예상을 훌쩍 뛰어넘는 모양의 것이 들어 있었다. 하얗고 길쭉한 물고기 모양을 한 비누였다. 비늘과 꼬리지느러미의 세공에 꽤 정성을 들인 제품이었다. 더 중요한 것은 상자를 열자마자 시작되었다. 내가 좋아하는 상큼한 시트러스 향이 진하지만 부드럽게 내 코에 스며들었다.

'아, 정말 고급스러운 향이구나.'

이 물건의 정체가 너무나 궁금해서 친구에게 선물 잘 받았다는 인사를 전하는 걸 잠깐 뒤로하고 검색부터 했다.

이 길쭉하고 하얀 물고기의 정체는 정어리 모양을 한 비누였다. 유럽 유명 셰프의 아이디어로 만들어진 주방 비누라고 했다. 요리할 때 고기나 생선 등 다양한 식재료를 만진 후 주방 세제로 손을 씻었을 때 잔존한 화학물질이 음식에도 들어갈 수 있다고 했다. 그런 것을 막아주고 탈취 효과와 보습 효과를 더해 주는 위생적인 비누라고 설명하고 있었다. 심지어 포르투갈 포르투에서 수작업으로 만들어지고 있다고 했다. 그렇군. 어쩐지. 비누의 모양을 보고 냄새를 맡는 순간 나는 지중해 어디쯤 있는 것 같은 착각이 들었다.

비록 포르투갈과 지중해는 상관없다고 해도 기분 좋은 시트러스 향은 영화 〈맘마미아〉를 연상케 했다. 빛나는 태양과 시리도록 파란 바다, 유쾌한 섬사람들의 구릿빛 피부. 코로나19

로 여행은 꿈도 못 꾸고 있는 요즘, 이 작은 비누 하나가 여행 욕망을 꿈틀거리게 하기 충분했다. 나를 가보지도 못한 머나먼 지중해의 어느 작은 섬으로, 혹은 포르투갈의 작은 어촌 마을로 여행하게 했다.

M에게 고맙다고 전화로 인사했다. 생각지도 못한 선물 받아서 무척 기쁘다고. 그리고 덕분에 신문물을 접하게 됐다고.

"이 비누 몰랐어? 네가 '벌써 13개째 쓰고 있는 중이야.' 라고 할 줄 알았어."

역시 예상 못 한 기발한 대답이었다. 내가 주방 에세이를 쓰고 있다 보니 이런 것은 이미 다 알고 있는 줄 알았나 보다. 하지만 작은 도시에 살고 있는 사람과 기네스북에도 오른 세계 최대 규모 백화점이 있는 곳에 사는 사람 사이의 정보량은 크게 차이가 났다. 나는 내 물욕이 거기까진 미치지 못한 것 같다며 웃었다.

지금도 그 하얀 정어리는 싱크대 앞에 잘 매달려 있다. 나는 주로 설거지 후에 손 씻는 용도로 사용하고 있다. 손을 닦을 때마다 침이 고일 정도로 상큼한 향이 내 손에 밴 불결한 냄새를 지워준다. 그리고는 한 번도 가본 적 없지만 잘 알 것만 같은 이탈리아의 어느 작은 섬을 여행하고 있는 나를 상상하게 한다. 다시 안전하고 자유롭게 여행할 수 있는 날이 온다면 M과 함께 햇살이 가득 담겨 반짝거리는 바다가 내려다보이는 레스토랑의 새하얀 테라스에 앉아 있고 싶다. 그럼 그때 정어리 비누의 시트러스 향과 꼭 닮은 향이 어디선가 솔솔 풍겨오겠지.

작고 하얀 물고기 비누 하나가 나를 여행하게 한다. 들뜨게 한다. 설거지 거부증을 치료해 준다. 당분간은 설거지가 싫지 않을 예정이다.

설거지와 거리 두기

설거지를 하다 보면 영 성가신 것들이 있다. 손이 들어가지 않는 입구가 좁고 긴 형태의 각종 텀블러와 오밀조밀 구획이 나누어져 있어 구석구석까지 닦으려면 손가락이 아픈 식판은 내가 제일 씻기 싫어하는 식기들이다.

- 텀블러의 역설

얼마 전 에코백을 최소 131번을 들어야 비닐봉지보다 낫다는 기사를 읽었다. 환경 보호를 위해 만들어낸 에코백이 사실은 그렇게 친환경적이지는 않다는 역설적인 이야기였다. 한동안 유행처럼 너도나도 에코백을 사은품이나 기념품으로 나눠줬다. 물론 내돈내산(내 돈 주고 삼)인 것들도 있다. 나는 그 많은 에코백을 각각 131번 이상 들지는 못했던 것 같다. 그럼 더 이상 에코백이 아닌 것 아닌가?

이와 비슷하게 요즘 집집마다 수납장에 텀블러가 넘쳐난다고 한다. 우리 집에도 많은 텀블러가 있다. 환경 보호를 위해 일회용 컵 사용을 자제하자며 여기저기서 많이 받기도 하고, 직접 사기도 했다. 스테인리스로 된 것, 플라스틱으로 된 것, 유리로 된 것, 접히는 것, 여행지에서 기념으로 사 온 것, 사은품으로 받은 것, 프랜차이즈 카페에서 비싼 돈 주고 산 것. 이것들은 몇 번을 써야 진정한 환경 보호에 제 역할을 하는 것일까.

이렇게 꾸역꾸역 모은 텀블러들은 싱크대 한구석에 주르륵 모여 씻기기를 기다리고 있기 일쑤다. 수세미로 다른 그릇들을 씻다가 텀블러용 긴 막대기가 달린 수세미로 바꿔 들면 설거지의 흐름이 끊긴다. 그럴 때 '에이, 나중에 씻어야지.'하고 하나둘 그냥 올려두면 설거지를 기다리는 텀블러들이 쌓이기 시작한다. 수세미가 달린 긴 막대기를 넣고 비비고 돌리고 헹궈야 한다. 손이 닿지 않는 부분이니 특별히 신경 써서 씻어내야 해서 역으로 손이 많이 간다. 설거지하기 귀찮아지니 사용하기 꺼려지고, 그런데도 사용하지 않을 텀블러들을 수집한다면 이것은 친환경을 위한다는 텀블러의 역설 아닌가.

- 딸의 식판

지금은 딸아이가 커버려서 식판을 씻을 일이 없지만 유치원에 다니는 3년 동안 제일 씻기 싫어했던 게 식판 도시락이었다. 아이가 유치원을 다녀오면 제일 먼저 가방에서 식판을 꺼내 뚜껑과 분리해 싱크대에 내놓았다. 뚜껑을 열어보면 오늘 뭘 먹었는지 대충 짐작이 됐다. 메추리알 장조림이 나온 날은 먹지 않으려고 선생님과 신경전을 벌였을 딸아이의 얼굴이 떠올랐다. 고사리 같은 손으로 젓가락질을 해 반찬을 집어 입에 넣고 오물거렸을 것을 생각하면 귀여워 빙긋이 웃음이 나기도 했다. 물론 역한 냄새가 덤으로 따라오는 날도 있었다.

조그만 유치원생의 점심을 책임져 주던 식판의 최대 함정은 씻기 귀찮은 구조라는 것이었다. 구석구석 꼼꼼하게 씻지 않으면 기름기가 덜 빠져 영 찝찝했다. 식판이 미끄러지지 않게 왼손으로 꽉 쥐고 오른손으로 수세미를 들어 뽀드득거리게 문지른 후 헹궈냈다. 꽉 쥔 손이 아프도록 오밀조밀 나누어져 있는 식판의 벽과 구석들을 박박 닦아 냈다.

유치원을 졸업하고 나서 이제는 식판 씻을 일이 없나 했다. 초등학교에 입학한 후, 편식하는 딸아이를 위해 여러 칸으로 나누어진 나눔 접시를 몇 개 샀다. 자동차 모양이나 집 모양의 나눔 접시들에 반찬을 담아주면 잘 먹지 않을까 해서였다. 하지만 이렇게 해주나 저렇게 해주나 안 먹기는 마찬가지였다. 식판을 씻기 싫어하던 나는 결국 나눔 접시를 쓰지 않게 되고 과감히 정리해 버렸다.

딸아이는 여전히 학교에서는 차가운 스테인리스 식판에 밥을 먹는다. 금속 숟가락으로 밥을 먹을 때 어쩔 수 없이 나는 소름 끼치는 소리나 비릿한 쇠 맛. 얼마나 싫을까. 아무리 맛있는 음식을 담아도 맛없어 보이는, 실제로 맛없어지는 식판에 밥 먹는 아이들.

생각해 보면 나는 아이가 어렸을 때도 플라스틱 그릇이나 컵을 쓰지 않았다. 아주 안 썼다고 말할 수는 없지만 그냥 어른들이 쓰는 도기나 유리컵을 그대로 썼다. 아이 친구들이 놀러 오면 예쁜 도자기 접시나 유리컵에 간식을 담아 내주었다. 어릴 때부터 깨질 것을 염려해 플라스틱 그릇을 사용하기 보다는 조심히 다루어야 한다는 것을 가르쳐 주고 싶었다.

딸은 가끔 음료수를 마실 때 내가 아끼는 크리스털 고블렛 잔을 꺼내 쓰고 싶어 한다. 그럴 때면 나는 꼭 한소리를 했다. '깨진다, 조심해라.', '편하게 먹는데 꼭 그런 걸 써야겠냐.' 돌이켜 보면 딸은 한 번도 그릇을 깨지 않았다. 나는 아낀다고 안 쓰는 컵을 일상적으로 쓰는 게 속이 쓰릴 뿐이었다. 지나고 보니 쇠 맛 나는 식판에 밥을 먹고 온 아이가 집에서만큼은 예쁜 컵에 주스를 담는 방식으로 스스로를 대접하고 싶었던 것일 수도 있겠다는 생각을 해본다. 그깟 크리스털 컵이 뭐라고, 그렇게 타박을 했었나 반성하게 된다. 그래 써라. 맘껏 써라. 너는 대접받을 자격이 충분히 있다. 그런 의미에서 오늘 아침, 예쁜 컵에 새싹 보리 귀리 셰이크를 따라주었다. 결국 반도 마시지 않고 그냥 가버려서 크리스털 컵 안쪽에는 곡물의 찌꺼기 같은 알갱이들이 덕지덕지 달라붙어 잘 씻겨지지도 않게 생겼다. 묵직한 잔을 물에 불려 놓고 잠시 기다리며 생각한다.

예쁜 잔으로 아침을 시작한 딸의 오늘 하루가 크리스털처럼 반짝거리길.

크리스마스의 고오급 문화

작년 이맘때다. 크리스마스를 몇 주 앞둔 12월 어느 날, 학원에 다녀온 딸아이가 집 앞에 새로 생긴 제과점 시식 코너에서 엄청나게 맛있는 크리스마스 빵을 먹었다며 흥분해서 사 달라고 졸라댔다.

"엄마, 엄마! 우리 집 앞에 새로 생긴 그 빵집 알지? 거기서 엄청 맛있는 크리스마스 빵을 먹어 봤는데 진짜 너무 맛있었어. 그 빵은 꼭 예약해야지만 살 수 있대. 제발 그 빵 꼭 사주라. 진짜 너무 맛있더라."

"무슨 빵이길래 호들갑 난리 브루스야? 빵 이름이 뭐야? 어떻게 생긴 빵이야?"

"몰라, 잘게 썰어 놓아서 어떻게 생긴 건지는 모르겠어. 그냥 크리스마스 빵이래. 빨리 예약 안 하면 못 먹는대. 이번 크리스마스에 꼭 그 빵 먹자. 응? 응?"

"크리스마스에 따로 뭐 먹는 빵이 있었나? 알았으니까 얼른 씻고 숙제해."

우리의 대화는 이렇게 끝이 났다. 며칠 후, 그 빵집 앞을 지나다가 딸아이 말이 생각나 들어가서 물어보았다.

"저기, 크리스마스 빵이라는 걸 예약받으신다면서요. 그런 빵이 있나요?"

그때까지도 딸아이의 말에 반신반의했다. 여태 살면서 크리스마스 빵이라는 게 따로 있다는 말을 들어본 적이 없었기 때문이다.

"아, 슈톨렌이요? 네, 예약해 주시면 날짜에 맞춰서 만들어서 연락드려요."

"스투렌? 그런 빵도 있었어요?"

"네, 독일에서는 크리스마스가 될 때까지 얇게 저며서 조금씩 먹는 빵이에요."

"그럼, 크리스마스 날 먹는 게 아니고 그 전에 먹는 거예요?"

"네, 원래는 크리스마스를 기다리며 먹는 거죠."

"그렇구나. 어떡하지? 음. 그래도 그냥 크리스마스이브에 받도록 예약할게요."

그런 대화를 나누고는 크기를 보여주는데 '이렇게 작은 빵이 뭐가 이렇게 비싸?' 하는 마음을 몰래 숨기고 돌아섰다.

'그래, 1년에 한 번 가족들과 함께 즐거운 시간을 보낸다는데 이 정도는 기분 좋게 쓸 수 있지, 역시 난 좋은 엄마야.'

하며 뿌듯해했다. 집에 돌아와 인터넷으로 슈톨렌에 대해 검색해 보았다. 초록창에서 찾은 정보에 따르면 슈톨렌은 독일식 과일 케이크인데, 크리스마스 시즌을 대표하는 음식 중 하나로 건포도와 설탕에 절인 과일, 아몬드, 계피, 넛맥, 카르디움 등의 향신료를 넣고 구운 빵에 버터를 바른 뒤 슈거 파우더를 넉넉히 뿌려 만든다고 한다. 한가운데 부분을 먼저 얇게 조각내어 먹고 두 덩이를 밀착시켜 보관해야 절단면이 마르는 것을 막을 수 있다고 설명했다.

여러 사이트를 검색한 결과 빵 위를 가득 덮고 있는 하얀 슈거 파우더는 눈 덮인 풍경을 상징한다고 했다. 아! 이 얼마나 낭만적인 빵인가. 우리나라의 김장 같은 저장 음식인가? 겨울에 딱히 먹을 게 없을 때 한 번 만들어 아기 예수의 탄생을 기다리며 두고두고 먹는다니. 거기다 눈에 파묻혀 아무것도 할 수 없는 자신들의 주위를 둘러싼 겨울 정경을 옮겨 놓는 해학적인 표현이 매력적이었다. 우리나라도 절기마다 챙겨 먹는 음식이 있듯이 나라마다, 문화권마다 그런 음식들이 있다는 것을 새삼 깨달았다.

내가 예약한 날 딸바보 남편이 군산 유명 빵집인 '이성당'에서 '슈톨렌'을 당장 사 왔다. 크리스마스 분위기가 물씬 나는 빨간색 틴케이스 안에 작고 단단한 빵이 새하얀 눈에 덮인 채 들어 있었다. 졸지에 우리 집에는 슈톨렌이 두 개나 생겼다. 며칠 전까지만 해도 슈톨렌의 존재조차 몰랐는데 말이다.

그런 빵이 있는지도 몰랐지만, 정성을 들여 기다리는 크리스마스는 조금 더 특별한 느낌이 들었다. 종교적으로 크리스마스는 아기 예수님의 탄생을 축하하는 날이라고 하지만, 그저 화려한 곳에서 노는 사람들의 날이라고 생각하게 된 지 조금 오래다. 크리스마스 예배를 보고 나면 그냥 휴일. 어릴 때는 크리스마스 발표회 준비를 하며 11월부터 내내 기다려 오던 날이었는데 요즘은 그저 하루 쉬는 날이라는 인식이 강했다. 우리 가족에게도 크게 의미 있는 날은 아니었다. 그런데 슈톨렌이라는 것을 알고 사 온 날부터 크리스마스를 기다리는 가족이 되었다.

"매일 조금씩 잘라먹는 거래."

조금 더 먹겠다는 딸아이에게도 그게 뭐라고 아껴 먹게 했다.

부산에 사는 큰언니에게 고마움을 표할 일이 있어 빨간 틴케이스에 든 슈톨렌을 보냈다. 빵을 좋아하는 가족답게 택배를 받자마자 언니에게서 전화가 왔다.

"무슨 이런 온갖 고오급 문화는 왜 군산에 다 있어! 민이가 이모부 최고래!"

그렇다. '남들 다 알고 즐기는 걸 나만 몰랐나?' 했는데 대도시 사는 언니도 처음 들었다는 걸 보니 소도시라고 은근 무시하던 군산에 누구보다 발 빠르게 '고오급 문화'가 들어와 있었다.

우리 가족은 별안간 빵 하나로 고급문화를 즐기는 가족이 되어 버렸다. 슈거 파우더가 눈처럼 하얗게 덮인 빵을 예쁜 타원형 접시에 담아 식탁에 앉았다. 식탁 위에 빨간 크리스마스 틴케이스를 올려놓고 매일 생각날 때마다 조금씩 슬라이스 해서 차와 함께 즐겼다. 인터넷에서 시키는 대로 가운데 부분을 얇게 저민 후 두 덩이를 맞붙여 놓았다. 그럼 조금 더 작은 빵 덩어리가 되었다. 이 빵 덩어리가 점점 작아질수록 크리스마스는 다가왔다. 새삼 기다림의 소중함과 재미를 알려주었다. 우리 가족은 올해도 빵을 잘라가며 성탄절을 기다릴 것 같다.

주방 장비발도 가족의 몫

누군가 모든 것은 장비빨(장비발)이라고 했다. 육아도 취미 생활도 살림도 본업도. '서투른 목수가 연장 탓한다.'라는 속담을 듣고 자라던 나는 도구보다는 실력이 중요하니 핑계 대지 않는 것을 미덕이라 배우며 살았다. 하긴 장비 탓을 하기에는 무엇을 하든 내 실력이 너무나 보잘것없긴 하다.

세월은 흐르고 흘러 지금은 각종 동호인이나 직업인들이 아주 당당하게 장비를 탓하며 필요한 도구들을 바꾸고 수집한다. 카메라, 낚시, 골프, 캠핑 같은 큰 덩어리들뿐 아니라 '이런 데에 뭔 장비가 필요해?'하는 분야에서도 장비발은 빛을 발한다. 사실 나는 필라테스를 배울 때 요가 매트 타월도 좋은 것으로 바꾸어 봤다. 안 그래도 힘든 운동인데 기분이라도 좋아야지 싶어 화려한 꽃무늬로. 그러면 조금이라도 더 다리가 쉽게 찢어질까 싶었다. 뭐, 그런 일은 일어나지 않았다. 그래도 그 타월을 요가 매트 위에 깔 때마다 오늘은 동작을 잘 따라할 수 있길 바랐다.

장비발은 취미 생활에만 해당하는 게 아니었다. 살림에도 장비발은 필요했다. 그것도 간절하게. 이미 기발한 살림 기계들이 우리들 가정에 자리 잡은 지 오래다. 그중에서 주방의 소형가전들은 매일 새로운 기능으로 업그레이드하며 장비발 욕심나게 만든다. 주방 소형가전의 클래식인 토스터, 커피메이

커, 믹서기뿐 아니라 뭐든 담아서 버튼만 누르면 요리가 뚝딱 완성되는 기계나 음식이 바닥에 눋지 않게 저어서 볶아주는 기계까지 다양한 똑똑이들은 우리가 주방에 서 있어야 하는 시간들을 줄여준다며 유혹해댄다. 이쯤 되면 우리 집의 소형 가전들을 머리 위로 떠올려 본다.

'뭐가 있더라.'

조리대 위에 꺼내 놓고 매일 한 번 이상 쓰는 것들부터 수납장 어딘가에 들어가서 잊힌 것들까지 하나하나 들춰보며 찾아내 봐야겠다. 꼭 필요한 것들은 잘 챙겨두고 영 쓸 일이 없던 것들은 처분해야 할 때가 온 것 같다. 무작정 이고 지고 사는 것만이 능사는 아니라는 생각이 들기 시작했다. 잊고 있던 똑똑한 소형가전들은 좀 더 열심히 부려 먹으며 제대로 장비발을 세우고, 쓰지 않는 것은 과감하게 안녕히 가시게 인사해야지. 그래야 새로운 똑똑이들이 들어올 자리가 생길 테니까.

"이번 생일 선물로 받고 싶은 거 있어?"

이 나이에도 유일하게 생일을 챙기는 모임이 있다. 동네 친구, 동생들의 모임이다. 거기서 내 생일 선물 이야기가 나왔다.

"아직 생각 안 해봤는데…."

"인스턴트 팟이라고, 그거 미국에서 엄청 인기 있는데 이제 한국에 들어오기 시작한대. 딱히 필요한 거 없으면 그거 어때? 다들 그거 사려고 벼르고 있더라."

이름도 생소한 '인스턴트 팟'이라니. 주방계의 얼리 어답터이고 싶은 나는 궁금해서 또 이것저것 검색해 보았다.

인스턴트 팟은 미국 주부들 사이에서 선풍적인 인기를 끌었다는 고압 조리기구를 말하는 것이었다. 조리에 필요한 모든 재료를 넣고 버튼만 누르면 요리가 완성된다고 했다. 예를 들어, 우리가 카레를 만든다고 가정하면 적당한 크기로 자른 당근, 양파, 감자, 고기 등을 기름에 볶다가 물을 붓고 카레 가루나 루를 넣어 그것이 풀어지도록, 그리고 바닥에 눌어붙지 않도록 계속 저어주어야 한다. 반면 고압 조리기구는 순서와 시간을 지키며 끊임없이 저어야 하므로 불 앞에 서 있어야 하는 모든 과정을 생략한 채 처음부터 카레에 들어가는 모든 재료를 한꺼번에 넣고 버튼 하나만 누르면 된다고 했다. 높은 압력을 가하는 기능이 있어 정해진 조리 시간이 지나서 열어 보면 근사한 카레가 완성되어 있다고 했다. 이 기발한 조리기구가 미국에 사는 한국 주부들에게 엄청난 인기를 얻었다고 했다. 한식 특유의 조리법인 오래 끓이기, 삶기, 조리기, 찌기 등의 기능을 완벽하게 해내서 제대로 된 한식이 그리웠던 한인 교포들에게 고향의 음식을 안겨주었다고 했다. 삼계탕, 김치찜,

장조림, 육수나 맛간장까지 푹 끓이고 우려내야 하는 요리를 할 때 불 앞을 떠나 다른 일들을 처리하거나 휴식을 취하고 나면 근사한 요리가 만들어져 있으니 신통방통한 물건이기는 했다.

“나 인스턴트 팟 찾아봤는데 완전 좋던데?”

“그치, 나도 있으면 좋겠더라.”

“나도 김치찜 자주 하는데 너무 편할 것 같더라. 삼계탕도 끓이기도 쉽고. 그걸로 선물 결정했어. 고마워.”

“맞아, 대량으로 육수 내기도 좋대. 오키, 알겠어. ㅇㅇ홈쇼핑에서 쿠폰 적용하고 포인트 쓰면 제일 싸게 살 수 있어. 내가 주문 넣는다.”

“엉, 고마워. 잘 쓸게.”

“생일 축하해요, 언니.”

“추카추카 친구.”

각종 이모티콘이 난무하는 가운데 나는 인스턴트 팟을 선물 받았다.

처음 집에 택배가 도착했을 때 택배 상자의 크기에 놀랐다. 그저 작은 전기밥솥 크기쯤이겠거니 했는데, 웬걸. 커도 너무 컸다. 미국 특유의 투박함. 있어야 할 기능이 어떤 건지만 충실하게 가르쳐 주는 아주 솔직한 디자인이었다. 아이쿠야. 안 그래도 좁은 싱크대 위에는 이미 놓을 자리가 없겠구나. 어디 잘 넣어 두었다가 쓸 때마다 꺼내 써야 하는 거구나. 그럼 자주 안 쓸 텐데 괜찮을까? 고민도 조금 했지만 곧바로 씻어 제일 만만한 김치찜을 했다. 바닥에 들기름을 뿌리고 김치를 썰지 않은 채 올려둔다. 그 위에 목살을 올리고 김칫국물 조금과 된장 반 스푼을 넣어 푼다. 거기다 소주가 있으면 쪼르르 붓고 뚜껑을 닫아 압력으로 코크를 돌려놓은 다음 찜이라는 버튼을 누르면 끝. 정말 끝이었다. 뚜껑을 들썩이며 넘쳐흐르던 예전 김치찜은 더 이상 없었다. 설정된 시간이 지나 뚜껑을 열었을 때 나는 가족들에게 외쳤다.

"이거 완전 예술이야!"

"엄마, 이 김치찜 팔아도 되겠어! 우리 장사하자!"

"진짜? 그 정도야? 사실 엄마가 요리를 하면 또 잘하잖아."

이 기계로 김치찜만 해서 내면 딸은 팔아도 되겠다며 엄지를 올린다. 우리 식구 중에 누군가 큰일을 앞두고 있거나 멀리 나가 있다가 돌아올 때는 김치찜을 한다. 우리 집 소울 푸드라고나 할까. 그 소울 푸드를 만드는 일이 이 기기 덕분에 한층 수월해졌다. 나는 선물 받은 이 기기를 이용해 가끔 김치찜이나 LA 갈비찜을 한다. 나는 재료를 차곡차곡 쌓고 버튼만 누를 뿐이다.

이 기계가 진짜 빛을 발하는 건 갈비찜을 할 때다. 명절 전에 자주 가는 정육점으로부터 양념에 절인 LA 갈비가 준비되었다는 문자를 받으면 반드시 주문해 사 온다.

"이 고기 구워서 먹으면 되나요?"

"찜용이긴 한데, 구이도 가능해요."

처음 그 정육점에서 양념에 절인 LA 갈비를 구입하면서 남편이 물어봤더니 사장님은 확답은 주지 않고 흘리며 대답했다고 했다.

"찜용이나 구이용이나 뭐 다른 게 있겠어? 그냥 잘 구우면 되겠지."

"그래, 굽자. 우리 집 불판 좋으니까 구워도 괜찮을 거야."

우리 가족은 대체로 국물이 있는 고기 요리보다는 구운 것을 선호하기에 일단 냅다 구웠다. 결과는 실패. 역시 찜용은 찜용이고 구이용은 구이용인가 보다. 구워서 먹다가 지쳐서 남겨 놓은 절인 고기 반을 인스턴트 팟에 넣어 봤다. 성공할지 어떨지는 모르지만 일단 찜은 되겠지 싶었는데, 웬걸. 뼈가 저절로 분리될 정도로 부드럽게 익었고 양념도 잘 배어서 우리는 처음부터 이렇게 했어야 한다며 입을 모았다. 역시 요리에도 장비발이 필요했다.

내가 잘 쓰고 있고 아니고를 떠나 유용한 소형가전임에는 틀림없는 듯하다. 덩치가 커서 조리대 위에 늘 올려놓고 쓸 수는 없어 잊힐 때가 있긴 하지만 그래도 한 방이 있는 기기다. 필요할 때마다 듬직하게 일을 해내 주기 때문에 아끼는 소형 가전이다.

다만 나는 왜 내 생일 선물로 가족 모두를 위해 사용하게 되는 주방기기를 골랐을까 아쉬운 마음이 들 때가 있다. 그저 나만을 위한 것으로 고를 것을…. 꼭 어릴 때 유치원의 산타할아버지가 선물을 나눠주는 행사에서 공책과 연필을 받은 기분이었다. 다른 친구들이 커다란 인형이나 화려한 인형의 집을 받고 순수하게 기뻐하던 모습과는 비교되게 시무룩했던 내가 떠오른다. 곧 초등학교에 입학할 예정이었으니까 학용품은 엄마가 어차피 사줬어야 하는 건데 크리스마스 선물로 퉁치다니. 아직도 그 기억이 남아 있는 걸 보면 어린 유치원생의 마음에 많이 섭섭했나 보다. 하지만 이 다재다능한 조리 기기 선물은 내가 직접 고른 것이니 누구를 탓할 수도 없다.

주방용품을 워낙 좋아하던 나는 누군가에게 접시나 주방용품을 선물로 받으면 참 기뻤다. 내가 가장 많이 접하고 직접 쓰니까 내 것이라는 개념이 강했다. 예쁜 그릇과 있으면 좋을 것 같고 없어도 딱히 아쉬울 것 없는 주방 소품들은 매달 지출해야만 하는 목록들과 예기치 못한 지출들에 치여 우선순위에서는 멀리 밀리게 되는 항목들이었다. 어떤 주방용품이냐에 관계없이 무엇으로 쓰든 똑같은 결과물만 나오면 되니까 대체제들이 많았다. 따라서 상대적으로 주방용품에 생활비를 지출하는 것에는 인색하게 되기 마련이다.

언제부터인가 예쁜 그릇은 나만 좋아하는 게 아니라는 걸 알았다. 남편도 예쁜 그릇에 담아주면 대접받는 기분이라며 좋아했고 딸은 자기가 결혼할 때 특정 그릇을 달라며 예약까지 해 놓았다.

SNS에서 많이 보이던 집게 하나를 새로 들였을 뿐인데도 고기 구울 때 기능적이라며 흡족해하는 남편을 보니 장비발이 주는 만족도는 크고 작음이나 가격의 고저를 따지지 않고 중요하구나 싶었다.

처음에는 주방용품을 고를 때 심미적인 부분보다는 기능과 가격만을 따졌다. 취향이라는 게 생기고 좋은 것을 알아갈수록 조금은 값나가는 주방용품들이나 소형가전들이 욕심날 때 나도 모르게 주춤거리게 되었다. 내 만족을 위해 이렇게 소비를 해도 되는 것인가 고민했기 때문이다. 내가 주로 쓰는 것이니 나만의 것이라고 착각했다. 그래서 내 쌈짓돈으로 야금야금 사들이거나 선물로 받았다. 도착한 물건들을 보면 기분은 좋았지만, 바닥이 드러나는 잔고에는 속이 쓰렸다. 나중에 그것들은 가족 모두가 쓰는 것이고 그들도 아주 흡족해한다는 사실을 깨닫게 되었을 때, 땅을 살짝 치면서 후회하기는 했다. 그냥 생활비로 살 것을.

이제부터 나는 예쁜 그릇이나 주방용품은 생활비로 사련다. 장비발을 이용해 가족 모두가 안락한 식사를 할 수 있을 테니 굳이 내가 받을 선물의 기회를 가족의 것으로 양보할 필요는 없겠다 싶다. 나는 앞으로 내 생일 선물은 무조건 나만을 위한 사치품으로 고르겠다는 다짐을 한다. 그리고 내 생일이 다가오고 있다.

뜨거운 안녕을 위한 준비

큰일 났다. 그렇게 조심조심했는데 들켜 버렸다. 우리가 이사 간다는 것을 집이 눈치채 버렸다. 아니다. 생각해 보니 아무렇지 않게 새로 이사 갈 집에 대해 가족들과 이야기했던 것 같다. 이사 가면 방은 이렇게 하고 거실은 어떻게 하겠다든지, 새로 사야 할 가전제품이나 가구에 대해서 무신경하게 이야기 나누었다. 집은 그것들을 고스란히 듣고 있었나 보다.

갑자기 집안 곳곳이 고장 나기 시작했다. 거의 동시다발적으로. 싱크대 수전에서는 뜨거운 물이 나오는데 욕실에서는 뜨거운 물이 나오지 않았다. 보일러 온도 조절계가 말썽이었다. 보일러를 통째로 바꿔야 하나 걱정했지만 다행히도 온도 조절계에만 문제가 있었다. 온도 조절계를 바꿨다. 이번에는 싱크대에서 따뜻한 물이 나오지 않았다. 수전의 어떤 부속품이 문제라는 것을 금방 알 수 있었다. 지난번에 똑같은 현상으로 관리실에 문의했더니 간단하게 해결됐기 때문에 별걱정은 하지 않았다. 그런데 이번에는 전문 업체 번호를 알려주면서 관리실에서는 해결할 수 없고 수전을 갈아야 한다고 했다. 일단 번호를 받아 들고 왔다. 갑자기 더워진 탓에 에어컨 점검도 할 겸 작동시켜 보았다. 슬픈 예감은 틀리지 않았다. 에어컨이 아예 켜지지 않았다. 리모컨에 배터리도 충분하고 불도 깜빡이는 것으로 봐서는 전원의 문제는 아니었다. 이때부터는 확신이 들었다. 집이 알고 있구나.

'뭐 수전 교체야 간단한 거니까.' 하는 마음에 미루고 있었는데 갑자기 물이 잘 안 내려가기 시작했다. 이 집에서 8년 사는 동안 한 번도 싱크대 하수구가 막힌 적이 없는데 갑자기 오수를 받아들이지 못했다. 산 넘어 산이라더니. 배수구 클리너를 들이붓고 팔팔 끓인 물을 몇 번이나 한꺼번에 쏟아부어도 별로 달라질 기미가 보이지 않았다. 사태의 심각성을 깨닫고 수전 교체 업체에 전화를 걸었다. 업체에 전화해서 처한 상황을 설명하고 약속 잡고 기다리고 수리하는 일련의 과정들이 참으로 성가시다. 바로바로 해결할 수 있는 일도 최대한 미루다가 일을 키운 다음 마지못해 전화한다. 나는 왜 이런 일들이 이렇게 힘들고 하기 싫은 건지.

사는 동안은 가족이 편하게 살아야 하고 집을 내놓을 때도 멀쩡한 상태여야 하니까 마음을 굳게 먹고 문제 있는 곳들을 고쳐 줄 서비스 센터에 전화를 넣기 시작했다. 에어컨은 일주일 넘게 기다려야 했고, 하필이면 그때 갑자기 더워졌다. 엎친 데 덮친 격으로 연일 미세 먼지 알림 앱은 최악의 방독면을 계속해서 보여주었다. 그래도 참고 기다리니 기사님들이 오셔서 해결해 주고 가셨다. 싱크대 수전은 교체했고 뜨거운 물은 문제 없이 잘 나왔다. 막힌 곳도 해결되고 나니 조금 마음이 편해졌다.

집이 오래되니 손 가는 곳이 너무 많아졌다. 지난번에 관리실 직원분이 오셨을 때 그런 불평을 했더니,

"집도 사람처럼 아픈 곳 살살 고쳐가면서 살아야 해요."

라는 말씀을 하셨다. 그전까지 집은 단단한 무기물 집합체라고만 생각했는데 마치 생명체처럼 여겨야 한다는 말에 머리를 한 대 맞은 기분이었다. 내가, 우리 가족이 함께 부대끼며 살아가고 있는 집은 단순한 철근 콘크리트 건물이 아니라는 생각이 들었다. 그냥 광물 덩어리가 아니라 가족의 체취가 스며든 곳이다. 그러고 보니 아래위 옆에 모두 똑같은 모양의 벽과 바닥이 있지만 집집마다 특유의 분위기가 흐른다. 집주인의 인테리어 취향 차이 때문만은 확실히 아니다. 사는 사람들의 성향을 짐작할 수 있을 정도로 온기가 있는 집, 서늘할 정도로 절제된 집, 아이 키우는 집, 나이 든 사람이 사는 집 등 가족 구성원에 따라 집의 분위기는 180도 달라진다. 가족들의 소리나 웃음, 행복, 화, 불안 등이 그대로 집에 스며드는 것 같다.

언제 어디서든 듣는 사람의 기분을 생각하고 말조심하라는 교훈을 준 황희 정승과 밭 가는 농부 일화는 누구나 다 알고 있

을 것이다. 그런데 집한테까지 말조심했어야 할 줄은 몰랐다.

"우리 집, 요즘 여기저기 너무 고장이 많이 나."라고 이야기하면 "이사 가는 거 알고 집이 정 떼려고 그러나 봐."라는 대답이 돌아온다. 아니. 나는 이 집과 정 떼기 싫다. 사실 집은 정을 떼려고 하는 것이 아니라 우리의 헤어짐을 슬퍼한다는 생각이 들었다. 꼭 떠나는 연인의 바짓가랑이를 붙잡고 놓아주지 않는 것 같은 느낌이 든다. 어떻게 너를 잊겠니.

이전까지 남편은 출장이 잦고 일이 너무 많아 함께 저녁 식사를 하는 날이 거의 없었다. 이 집에 이사 오고부터 가족이 모여 함께 저녁밥을 먹을 수 있게 되었다. 일곱 살이던 딸은 이 집에서 초등학교를 다니고 중학교에 입학했다. 주방 한편엔 딸의 키가 커가는 과정을 빼곡히 기록해 두었다. 나는 복잡한 도시에서는 엄두도 내지 못했던 운전을 시작했다. 오랜 시간 동안 경단녀로 살던 내가 용기 내어 사회로 발을 내디뎌 볼 수 있었다. 내 주변에서 일어나는 아주 하찮은 일들을 글로 남겨 보고 싶다는 마음을 가지게 된 것도 이 집에서다. 나고 자란 고향과 가족, 친구들을 두고 멀리 왔지만 그 공백이 힘겹게 느껴지지 않을 만큼 좋은 이웃이 내 예상보다 훨씬 빨리 생겼다. 항상 좋을 수만은 없었겠지만 소중한 추억이 가득 담긴 이 집에서 이사 나가는 그날까지 최대한 편안하게 지내고 싶다.

떠날 준비를 공들여서 하고 싶다는 생각을 해본다. 고장 난 것들은 정성껏 고쳐 두고 더러워진 부분이 있다면 깨끗이 하려고 한다. 이별의 아쉬움만 남기고 떠나고 싶지 않다. 가족에게 많은 것을 안겨 주었던 우리 집이 서운해하지 않도록. 이사 가는 날 나만의 다짐이 있다. BTS의 〈이사〉라는 노래를 들으며 텅 빈 집을 한 번 돌아보려고 한다. 울고 웃던 시간들에 작별 인사를 해야지. 고마웠다고.

이 글을 쓰고 있는 와중에도 주방의 전구 하나가 깜빡거린다. 내일 전구를 새로 갈아 끼우며 우리가 떠나는 것을 온몸으로 아쉬워하는 집을 잘 어루만져 주어야지. 괜찮아. 우린 너를 잊지 못해. 잊지 않을 거야.

쓰레기 임시 보관소

'알아서 주방을 꾸리시오.'라는 과제가 떨어진다면 나는 제일 먼저 냉장고부터 선택하려고 할 것 같다. 한번 들이면 좀처럼 바꿀 일 없는 주방의 가장 큰 덩어리 전자제품. 어떤 이의 주방에 들어서면 그 주인의 살림력이 고스란히 담겨 있는 냉장고가 위풍당당하고도 묵직하게 뿌리내리고 있다. 누군가에게는 본연의 기능을 충분히 발휘하겠지만 누군가에게는 그저 화석을 발견하게 만드는 저장고. 그런 냉장고를 바꿀 일이 생겼다.

위는 냉동실, 아래는 냉장실로 구성된 전형적인 백색 가전 냉장고가 어느 날 냉동실과 냉장실이 옷장처럼 열리는 양문형 냉장고에게 자리를 빼앗겼고, 또다시 그 자리를 메가급 용량과 네 개의 문짝으로 위용을 드러내는 냉장고에게 내어 주었다. 어릴 때 엄마가 쓰던 것부터 내가 결혼하고 직접 사용한 냉장고까지 다양한 냉장고를 경험했다. 어떤 게 더 좋다 편하다 보다는 그 당시에 제조사에서 주력 판매하는 냉장고를 내가 가진 재화와 공간에 따라 별다른 선택권 없이 구매할 수밖에 없었다. 그 와중에도 놓칠 수 없는 두 가지 원칙은 너무 컬러풀하지 않을 것, 용량은 무조건 클 것이다. 예전부터 '냉장고와 TV는 클수록 좋다.'는 말이 모두에게 적용되는 말인 줄 알고 살았기 때문이다.

그동안 다양한 크기의 냉장고를 사용했다. 이제 막 자취를 시작한 대학생들이 쓸 것 같은 작은 냉장고, 아직 우리나라에는 없었던 서랍형 냉장고, 귀국 후 처음으로 제대로 된 살림살이로 장만했던 양문형 냉장고. 그리고 최근까지 사용한 문짝 네 개짜리 냉장고.

문짝이 네 개가 달린 대용량 냉장고는 위는 냉장실, 아래는 냉동실로 구성되어 있다. 키가 작은 나는 머리를 냉장실 안으로 들이밀어야 깊숙이 들어있는 반찬통이나 장류가 담긴 용기를 겨우 꺼낼 수 있었다. 곧 냉장고는 애매하게 남은 반찬이나 어디서 받아온 건지도 모르는 각종 잼, 초콜릿, 조미료, 발효식품, 장아찌류 등으로 가득 찼다. 원래 냉장실 안에 들어있던 음식들은 새로 들어오는 음식들에 밀려 점점 더 안으로 점점 더 구석으로 들어갈 뿐이었다. 한 번 들어갔던 음식들은 잊혀졌다. 우리 식구들은 많이 먹지 않는다. 늘 나중에 먹겠지, 아까우니까 우선 넣어둬야지 했던 남은 음식들의 끝은 늘 음식물 쓰레기였는데도 나는 일단 넣어두는 것을 중단할 수 없었다. 내게 큰 냉장고는 그저 큰 수납장일 뿐이었다.

나는 이사 준비를 하며 냉장 기능도 있는 저장고를 정리하기 시작했다. 옷장만큼이나 큰 냉장고 안에서는 끝도 없이 음식물 쓰레기들이 나왔고, 언제 넣어 둔 건지도 모를 자잘한 여행의 추억들이 구석구석 박혀 있었다. 일본 여행 가서 사 온 건매실이나 예쁜 단지에 들어 있는 밤잼, 남편이 노르웨이 출장 갔다가 사 온 초콜릿, 딸과 모녀 여행으로 갔던 싱가포르에서 사 온 과자와 카야잼 등. 다정한 분들에게 받은 고마운 먹거리 선물들. 나는 그런 것들을 쉽게 버릴 수가 없었다. 요리할 재료를 사면서 돈을 쓰고 또 버리는 데도 돈을 쓰는 이런 어리석은 일이 어디 있을까. 막연히 그때부터 '우리 집 식생활 습관에 큰 냉장고가 꼭 필요할까?' 하는 의문이 생기기 시작했다. 실제로 이렇게 큰 냉장고를 50%밖에 활용하지 않고 있다는 생각이 들었다.

이사 갈 집에 놓을 새 냉장고를 선택해야 하는 시간이 왔다. 미리 짜 놓은 수납 벽장에 딱 맞게 들어가는 요즘 스타일인 키친핏 냉장고가 예쁘지만 용량이 너무 적었다. 그때부터 고민이 시작되었다. 충분히 큰 용량이지만 생뚱맞게 툭 튀어나와 버리는 큰 냉장고와 예쁘게 딱 맞아떨어지지만 용량은 턱없이 부족할 작은 냉장고 사이에서 조목조목 따져보았다. 남편은 예전부터 튀어나와 있는 냉장고를 눈엣가시로 여겼다. 이번 기회에 냉장고 장에 한 몸처럼 들어맞는 냉장고를 원했다. 나름 트렌드에 민감한 사람이기 때문이다. 반면 나는 큰 냉장고를 포기하기가 힘들었다. 딱히 거하게 요리하며 살지도 않으면서 각종 식자재와 양념, 소스, 저장 식품들을 가득가득 채워 놓고 있었기 때문이다. '저 많은 것들을 다 어떻게 집어넣지? 처음에는 다 버리고 정리한다 쳐도 살다 보면 분명히 또 많은 음식들로 채워질 텐데… 어쩌지?' 그런데 또 예쁜 건 놓치기 싫었다. 그렇게 고민하다 보면 1%라도 마음이 더 기울어지는 쪽으로 합리화하기 시작한다.

'그래, 우리 집 식습관을 생각해 보면 이렇게 큰 냉장고는 필요 없지.'

라는 생각이 들기 시작했다. 모두에게 외면받은 특식, 버리기 아까운 반찬, 식자재 등 전부 일단은 냉장실, 냉동실에 꾸역꾸역 '처박아' 두었었다. 당장은 못 버리겠고 어느 정도 보관하고 버리면 덜 미안했기 때문이다. 용량이 큰 냉장고도 실제로 사용할 수 있던 부분은 선반의 좁은 앞줄 정도였다. 그 뒤로는 보이지 않아서 자꾸 뒤로 뒤로 밀리는 무언가가 있었다.

'이렇게 비효율적으로 쓸 거면 차라리 냉장고를 줄이자. 호기심으로 음식들을 사지 말고 안 먹거나 남은 것은 바로바로 버리자, 먹을 만큼만 만들어서 음식물 쓰레기를 최대한 줄이자.'

이렇게 마음먹고 나서 원래 쓰던 냉장고의 거의 반밖에 되지 않는 크기의 냉장고를 들였다.

냉장고 문을 열자마자 깊이를 들여다볼 필요도 없을 정도로 내부가 한눈에 다 보였다. 불편할 것만 같았는데 생각보다 쾌적했다. 가벼워졌다. 냉장고도 비워지길 원했던 것 같다. 냉기도 훨씬 잘 돌았다. 예전에 쓰던 냉장고보다 수납 포켓은 줄었지만 이만하면 사용하는 데 전혀 문제 되지 않았다. 결국, 자연스럽게 냉장고를 다이어트 시켰다.

눈발이 휘날리던 이삿날, 이삿짐센터 직원들이 우리 집 수납장 구석구석에 박혀 있는 짐을 꺼내고 있는 모습을 물끄러미 바라보다 알 수 없는 수치심이 들었다. 이사를 앞두고 정말 많이 버렸다고 생각했는데 곳곳에 있던 많은 수납장들 속에서 끝도 없이 들려 나오는 물건들. 알고 있던 것과 있는지도 몰랐던 것들. 숨이 막힐 것 같았다. 짐을 싸던 직원들이 질려서 도망칠까 봐 속으로 빌었다.

'제발, 포기하지 말아 주세요.'

그들은 프로였고 무사히 이사를 마쳤다.

요즘 신축 아파트나 주택들을 보면 수납을 제일 중요하게 여긴다. 사람이 어느 정도 갖추고 살려면 짐이 늘어나기 마련이다. 아무리 군더더기 없이 깔끔한 집이라도 우리가 볼 수 없는 어딘가에 꼼꼼하게 차곡차곡 쌓아두었을 것이다. 숨길 의도가 있느냐 없느냐에 따라 집 안의 분위기가 달라질 뿐이다.

아파트 구조가 엇비슷한 요즘은 수납장이 얼마나 잘 갖추어져 있냐에 따라 인기와 만족도가 높아진다. 역으로 놓고 보면 그 수납장마다 물건들로 꽉꽉 채우고 말겠다는 욕망이 꿈틀댄다. 그 물건들을 정말 필요해서 넣어둔 것인지 큰맘 먹고 버리기 전에 잠시 혹은 한동안 머물러 있게 하는 것인지 헷갈릴 때가 많다. 결국에는 버려질 쓰레기에게 아까운 내 공간을 내주고 있다고 생각하면 내가 너무 어리석게 느껴진다. 짐을 줄여야 하고 그냥 '사보는' 것을 멀리해야 한다. 나에게 필요하지 않은 것은 욕심부리지 말고 지인들과 나눠야겠다는 빠른 판단력이 필요하다. 모든 것을 내가 다 끌어안고 있겠다는 물건에 대한 집착을 버려야 한다. 이런 다짐을 나도 모르게 하고 있다. 이런 다짐들이 지켜질 때 짐스러움의 늪에서 벗어날 수 있을 것이다.

새집에는 이전까지 냉장고를 선택할 때 고집했던 것과는 전혀 다른 기준을 적용한 적당한 크기에, 컬러풀한 냉장고가 새초롬하게 자기 자리를 지키고 있다. 전보다 작지만 예쁜 냉장고는 텅텅 비었고 실한 수납장도 아주 조금 빈 자리가 보였다. 종이 한 장 비집고 들어갈 자리 없이 꽉꽉 들어차 있던 수납장과 불빛도 보이지 않을 정도로 각종 반찬통들에 점령당한 냉장고와 살았기 때문일까. 조금 보이는 비어 있는 공간에서, 나는 여유로움을 느꼈다. 그렇지, 내게 필요한 냉장고 크기는 딱 이만큼이구나. 더 클 필요도 없고 더 작았으면 불편하겠구나. 남들이 뭐라 하든 내 생활패턴에 맞는 것들을 찾아내고 꼭 알맞게 사용하는 건 멋진 일이다. 나 혼자 하는 뻔뻔한 생각이지만 삶이 조금 '스웩'있어지는 것 같다.

이쯤 되면 자연히 생각하게 된다.

'인간에게는 얼마만큼의 수납공간이 필요한가.'

톨스토이와는 비교도 안 되게 쪼잔한 의문이지만.

갠들맨들, 보들보들해 보인다. 아직 발뒤꿈치가 굳어지지도 갈라
지지도 않았다. 그만큼 땅을 많이 딛지 않았다는 것과 같은 말일
테다. 샤워하고 나온 딸아이의 발뒤꿈치를 보고 불현듯 깨달았다.
나이가 들면 자연히 발뒤꿈치가 굳고 각질도 생기고 심지어 갈라
지기도 한다. 아직 어린데, 뭘 몰라서 그런 건데, 내 굳어진 발뒤꿈
치의 세월만큼의 지혜와 상식을 한꺼번에 요구했던 것을.

주방에서 너와 나, 우리

돌아서면 또 컵 하나

돌아서면 또 컵 하나

나만 쉬는 날이 있다. 남편은 직장으로 딸은 학교로 매일 나가지만 나는 집에서 방 하나를 비워 일을 한다. 나는 아이들을 괴롭혀 글을 쓰게 하고 그것을 재미있게 읽고 있는 고약한 직업을 가졌다. 학생들은 하교하고 나면 우리 집으로 와서 읽은 책에 대해 이야기를 나누고 글도 쓰고 간다. 아침 일찍 출근하는 직장인들에 비해 오전 시간은 나만의 자유 시간으로, 여유부리거나 약속을 만들어 외출할 수도 있다. 물론 외출을 하더라도 오후 시간에 일을 해야하기 때문에 에너지를 아낀다. 매번 돌아오는 주의 수업 준비로 주말은 더 바쁘다. 그런 나에게 한 번씩 특별한 하루가 주어진다. 바로 수업이 없는 날이다. 원래 있던 수업이 학생들의 사정으로 휴강되기도 한다. 나는 그런 날을 '나만 쉬는 날'로 정했다. 나만 쉬는 날은 아무것도 하지 않고 늘어지고만 싶다. 남편은 직장에서 치열하게 일을 할 것이고 딸은 학교에서 열심히 공부를 하고 있을 거라 믿는다. 그렇게 믿어야지만 나만 쉬는 날이 빛날 수 있기 때문이다. 남편과 딸이 자기들만의 세계로 나가고 나면 드디어 나는 호사스럽게도 하루를 '쓸모없이 한심하게' 보낼 수 있게 된다. 그런 날은 약속도 잡지 않는다. 온전히 집에서 뒹굴거리기로 작정하고 설거지도, 청소도 하지 않기로 한다.

나만 쉬는 날의 무용한 하루를 소개하자면 다음과 같다. 일단 모두가 나가고 나면 나는 다시 침대에 눕기로 한다. 졸리면 더 자기도 한다. 그러지 않을 때는 누워서 밀린 SNS도 보고 게시글을 올리기도 한다. 그 속에서 함께 분노하기도 하고 행복해하기도 한다. 잠깐 봐야지 했는데 시간은 벌써 점심 식사를 할 때가 됐다. 혼자 있으면 챙겨 먹는 게 귀찮다. 나 혼자 먹을 밥을 단정하고 정성스럽게 차려낼 의지가 내게는 없다. 집에서 혼자 밥을 먹을 때 가장 자주 먹는 건 '내 맘대로 충무김밥'이다. 아무런 간을 하지 않은 쌀밥에 조금씩 잘라놓은 조미김을 싸서 접시에 쌓아둔다. 그리고는 포크 하나랑 물 한 잔과 함께 TV를 마주한 소파에 앉는다. 별 의미 없이 켜 놓은 TV를 보며 포크로 눅눅해진 김밥을 하나씩 찍어 먹는다. 밥 먹을 때는 TV에 집중할 수 없기 때문에 BGM 삼아 흘러가는 재방송 같은 것을 틀어 놓는다. 봐도 그만 안 봐도 그만인 것들 말이다. 식탁에 앉아 먹을 때는 책을 읽으며 먹는다. 포크 하나만 있으면 이 반찬 저 반찬 위를 왔다 갔다 하지 않아도 된다. 통영 여행에서 만난 충무김밥 가게에서 참기름에 찍어 먹을 수 있게 쌀밥을 김에 돌돌 말아 내 온 것을 먹어 본 이후부터는 늘 참기름도 곁들인다. 뜨거운 밥의 열기에 눅눅해진 조미김의 짭짤함과 참기름의 고소함이 쌀밥과 묘하게 어울린다. 어릴 때부터 혼자 있을 때 해 먹는 나의 소울 푸드 넘버 2 정도 된다(넘버 1은 엄마가 해주는 진한 멸치 잔치국수다). 눅눅한 충무김밥, 질척해져 버린 시리얼, 식어버린 믹스 커피를 좋아한다고 말하면 다들 머리를 절레절레 흔들곤 한다. 내가 이상하긴 이상한가 보다.

그렇게 하나씩 다 집어먹고 나면 그다음은 뭐다? 그렇다. 소파에 길게 눕는 것이다. 그리고는 이제 평소에 보고 싶었지만 시간이 안 돼 놓친 프로그램들을 찾기 시작한다. 리모컨으로 이리저리 채널을 돌리기도 하고 OTT 서비스에서 검색하기도 한다. 딱히 보고 싶은 프로그램이 없을 때는 책을 읽는다. 수업 준비용이나 독서 모임을 위한 책이 아닌, 그냥 평소에 내가 읽고 싶을 책을 골라 느긋하게 읽는다. 책을 읽을 때면 아무것도 하지 않고 책만 읽고 살고 싶다는 세상 편한 생각을 하기도 한다. 밥을 먹었으니 커피도 마시고 입이 심심해지니 냉장고나 식량창고에서 이것저것 군것질거리를 구해다 먹는다. 요즘 한창 빠져 있는 간식은 군고구마에 흰 우유다. 목 막히는 군고구마 한 입을 입에 넣은 채로 흰 우유를 한 모금 마시면 이게 뭐라고 행복한 기분이 든다. TV도 보고 핸드폰도 보고 책도 읽다 보면 하루가 훌쩍 지난다. 아, 오늘은 정말 보람차게도 자기 계발에 도움이 될 만한 일은 하나도 하지 않고 잘 보냈구나. 쉴 때는 쉬기만 하자는 게 나만의 고집이다. 무언가를 배우거나 능력치를 향상시키기 위한 공부는 일하는 시간에 포함시켜야 하기 때문이다.

매 끼니를 성실하게 챙겨 먹는 건 아니지만 그래도 사람이 살아가면서 남기는 흔적들은 있기 마련이다. 오늘 같이 아무것도 하지 않은 날에도 나는 이것저것 여러 가지 흔적들을 남겼다. 식구들이 아침 식사를 위해 사용한 그릇들, 수저, 컵들, 점심때 혼자 끓여 먹은 라면 냄비, 젓가락, 김치를 담았던 반찬기 혹은 충무김밥을 담았던 접시, 하루 종일 물이며 커피를 마셔댔던 각종 모양의 컵들. 혼자 남긴 흔적도 이렇게나 많다니.

하지만 오늘은 아무것도 하지 않기로 작정한 날이기 때문에 싱크대에 설거짓거리들이 금세 가득 쌓였다. 주방을 왔다 갔다 하며 자연히 눈길이 가는 그것들을 못 본 척 흐린 눈을 했다. 그리고 가족 모두가 집으로 돌아오고 저녁을 먹고 나서야 슬슬 '이제 본격적으로 설거지를 시작해 볼까?' 하는 마음이 든다. 무슨 일이든 마음이 동해야 하는 것이다. 암만.

하루 종일 내가 써댄 그릇들에 식구들의 저녁 식사 설거짓거리까지. 싱크대가 넘쳐날 정도로 가득하다. 작정하고 미뤄둔 만큼 각오한 일이었기에 그냥 무념무상으로 설거지를 시작한다. 하다 보면 냉장고 속 반찬 통들도 정리하고 싶어진다. 난도 높은 반찬통 뚜껑도 씻어야 하기 때문에 살짝 고민하기도 한다. 하지만 어차피 해치워버려야 할 일들이기에 눈을 질끈 감고 시작한다.

한참을 서서 설거지를 하다 보면 허리도 아프고 발바닥, 발뒤꿈치도 아프다. 앞치마를 했는데도 배 부분은 물에 흠뻑 젖었다(그래요, 배가 나왔어요). 이제 그만하고 싶다는 생각이 들기 시작한다.

"테이블이나 방에 컵 있으면 가지고 와줘!"

라며 큰소리로 외쳐본다.

"아무것도 없어."

남편의 대답을 들었다. 그래도 미처 발견하지 못하고 남겨둔 게 있으면 안 되니까 주위를 둘러본다. 가스레인지 위도 식탁 위도 테이블 위도 모두 오케이, 아무것도 없군. 긴 시간에 걸쳐 한 설거지를 마무리한다. 싱크볼도 닦고 손도 씻고 앞치마도 벗어 걸어둔다. 깨끗해진 싱크대를 보며 만족해한다.

이제 일도 하고 책도 읽기 위해 집안을 돌아다니며 자리를 물색한다. 그러다 저녁 먹고 학원 간 딸아이의 방문을 열었다. 아뿔싸! 딸아이의 책상 위에서 얼음을 품은 채 땀을 줄줄 흘리고 있는 유리컵 하나를 발견했다. 이런, 결국 내가 만든 깨끗한 '설거지 대야 성城'에 유리컵 하나를 놓아야만 했다. 적군이 쳐들어온 것이다. 실컷 허리 아프게 설거지 다 하고 이제는 끝이구나 하며 돌아서면 컵이 또 하나, 어디선가 불쑥 튀어나온다. 돌아서면 컵 하나…. 이땐 한숨이 절로 나온다. 끝없는 설거지 전쟁.

출렁임은 컵 안에서만

지금 내 옆에 얼음을 품은 유리컵이 땀을 줄줄 흘리며 테이블 바닥을 흥건하게 적시고 있다. 나는 유리컵에게 아이스 아메리카노를 담고 있으랬는데 컵은 눈에 보이지 않는 공기 중의 수분을 모조리 끌어모아 내 앞에 가져다 놓았나 보다. 과학적으로 설명하기에는 내 과학 지식이 부끄러울 정도로 초라하다. 그러니 패스.

청바지에는 청바지에 어울리는 스니커즈가, 스커트에는 그에 어울리는 구두나 부츠가 각각 다르다. 굽이 높은지 낮은지, 구두의 굽이 날렵한지 투박한지, 구두의 앞코가 둥근지 각이 졌는지 등 고려해야 할 것이 한둘이 아니다. 신발 수집광들은 아무리 많은 신발을 가지고 있어도 각기 다른 쓰임새가 있다며 더 많이 갖기를 원한다. 그것처럼 같은 액체를 담지만, 컵의 용도는 저마다 다르다. 오렌지 주스, 아이스 아메리카노나 맥주 같은 시원한 음료에는 투명한 유리컵이 필요하다. 같은 아메리카노지만 뜨거운 커피에는 두꺼운 도자기 머그컵이 필요하다. 얼음이 가득 담긴 아이스 아메리카노를 두꺼운 머그잔으로 마셔야 하는 일은 끔찍하다. 심지어 똑같이 투명하지만 소주잔과 청하 잔은 미묘하게 다르다.

나는 마음에 드는 컵을 발견하면 그냥 지나치지 못한다. 특히 양산되어 누구나 언제든지 살 수 있는 컵이 아니라 지금 아니면 다시는 구할 수 없는 컵을 향한 욕심은 사그라들지 않는다. 그것에 무엇을 담을지는 이미 계산이 끝나있다. 나에게 컵은 패셔니스타들의 신발 같은 것이다. 그래서 유난히 컵에 집착하는 것인지도 모르겠다. 비록 설거지 후 '돌아서면 컵 하나'의 저주에서 자유롭지 못하더라도 말이다.

나는 사회적 가면을 잘 쓰고 사는 편이다. 바깥에 나가서 만나는 사람들에게 상냥하게 대할 수 있다. 그리고 친절하고 인상 좋다는 이야기를 곧잘 듣고 다닌다. 상대에게 싫은 소리도 잘하지 못하고 어려운 부탁을 받아도 쉽게 거절하지 못한다. 이제는 웃으며 거절해 보려고 노력하고 있는 중이다. 정말 싫은 사람도 잘 없고 만약 있다고 해도 앞에서는 웃으며 이야기할 수 있다. 딱히 싫은 것도 좋은 것도 없이 좋은 게 좋은 거다 싶은 마음으로 유하게 사는 편이다. 싸움을 무서워하고 이길 자신도 없기 때문에 정말 다시는 보기 싫은 사람이나 하기 싫은 일이 생긴다면 혼자 조용히 손절하는 편을 택한다. 비겁한 방법이다. 마찬가지로 불친절하거나 맛없는 식당을 가게 되면 더 나은 서비스를 요구하기보다는 '다시는 절대로 안 와야지.' 하며 꾸역꾸역 먹고 나온다. 이런 나를 컵에 비유하자면 어떤 컵이라고 할 수 있을까. 뜨뜻미지근한 것들을 담을 수는 있지만 딱히 이렇다 할 만한 개성은 없는 컵일 것만 같다.

컵은 주로 액체를 담는 데 쓰인다. 물, 주스, 커피, 즙, 한약 등. 출렁이는 것은 무엇이든 안정적으로 담아낸다. 출렁이는 것은 불안하다. 컵은 그 불안함을 고스란히 담고 조용히 출렁임을 잠재운다. 요동치는 불안을 담을 수 있는 물건은 고귀하다. 비록 개성도 없고 있는 듯 없는 듯 존재감도 없는 나라도 한 번씩 출렁일 때가 있다. 나도 사람인데 왜 안 그렇겠는가.

어릴 때 형제들과 싸울 때는 내 감정의 컵이 용량을 견뎌내지 못했다. 바깥세상에서 맺은 인연들에게는 상냥한 태도로 대하지만 가장 가까운 가족에게는 함부로 대할 때가 많았다. 엄마에게 짜증스럽고 신경질적으로 반응하기도 했고 언니나 동생에게 상처 주는 말로 다투거나 고래고래 소리 지르며 감정의 바닥을 다 드러내 보이기도 했다. 자매들의 싸움은 살벌하다. 이제는 모두 성숙한 성인이 되었고 나도 어른이 되었지만 내 안 깊은 곳 어딘가에는 그 불씨가 남아 있을지도 모른다. 어디로 흐를지도 모르고 쏟아지면 다시 주워 담을 수도 없는 내 감정의 출렁임이 또다시 가족들을 향해 일어나게 된다면 그저 컵 안에서 잔잔히 이루어졌으면 한다. 출렁이고 흔들리지만 쏟아지지는 않는 푸딩처럼.

그렇다고 해서 내 감정을 꼭 제어할 필요가 있을까. 과연 그것이 더 건강한 모습이라고 말할 수 있을까. 한 번쯤은 불평과 불만이 쌓여 가라앉은 앙금들을 완전히 뒤집어엎을 필요도 있지 않을까 고민할 때도 있다. 소심한 나는 그것도 자신이 없다. 그저 조용히 일렁이다가 흔적 없이 잠잠해지기를 바랄 뿐이다. 크게 스트레스를 받지 않는 성격이 이럴 때는 도움이 되기도 한다. 하지만 사람의 마음은 그렇게 뜻대로 되지는 않는다. 때로는 감정의 컵 속에서 태풍이 휘몰아칠 때도 있을 것이다. 그럴 때는 부디 서로에게 큰 생채기를 남기지 않고 무사히 지나가기만을 바랄 뿐이다.

알겠어! 잠시만

"알겠어! 잠시만."

14살 딸아이가 가장 많이 쓰는 말이다. 스마트폰을 손에서 놓지를 않아 이제 그만하라고 하면 영락없이 "알겠어!"라며 앙칼진 대답을 한다든지, 약속한 사용 시간이 끝났다고 알리면 아주 다급하게 "잠시만, 잠시만"을 외친다. 그때부터 '파이트' 시작이다.

최근 들어 그나마 딸과 가장 많은 대화를 하는 장소는 주방이다. 딸은 아침밥이나 학원 가기 전 간단한 요기, 혹은 이른 저녁을 혼자 먹어야 할 때가 있다. 딸에게 밥을 차려주고 나는 돌아서서 설거지나 주방 정리를 한다. 딸은 내가 밥을 차려주고 식탁에 마주 앉아 이야기라도 할라치면 싫은 티를 팍팍 낸다. 그런 모습을 보며 마음의 상처를 입느니 차라리 내 할 일을 하고 있으면, 딸이 별 무게감 없는 말들을 툭툭 던진다. 학교나 학원에서 있었던 일이나 친구들이나 연예인 이야기, 하고 싶은 일에 대한 이야기들. 그럼 나도 아무렇지 않게 담백하게 받아친다. 최대한 담백하게. 이게 가장 중요한 포인트이다. 괜히 뭔가 훈수라도 둘라치면 점점 서로의 목소리는 높아지고 대화 단절로 이어진다.

딸아이가 학원 가기 전이나 갔다 온 늦은 저녁에는 따로 밥을 먹는다. 처음에는 '혼자 먹으면 외로울 테니까 옆에 있어 줘

야지.'라는 생각을 했다. 내가 옆에 있어 주면서 건네는 말은 고작,

"오늘 학원 수업은 어땠어? 숙제는 제대로 해갔어?"

밥 먹는 시간에까지 학업에 관한 잔소리들뿐이었다. 걱정이랍시고 끊임없이 잔소리를 해대는 엄마인 나는 듣기 싫어 짜증을 내는 딸아이와 여러 차례의 실랑이 끝에 서로의 시간에는 건들지 않기로 마음먹었다. 내가 혼밥을 좋아하듯 아이들도 혼자 밥 먹으며 좋아하는 영상도 보고 친구들과 소통하는 시간이 필요하다는 것을 인정하기 시작했다. 안 그랬으면 매일 밥상머리에서 싸웠을 테니 말이다.

딸아이가 밥을 먹는 동안 필요 이상으로 주방을 서성인다. 설거짓거리가 없으면 가스레인지를 닦는다든지, 그릇들을 챙겨 넣는다든지 냉장고 문을 괜히 열어 본다든지. 식탁 주위에서 바쁜 척한다. 그러면 딸은 예상외로 재잘재잘 말을 한다.

"엄마 있잖아, 오늘 학교에서 친구들이랑 이상형 얘기를 하는데 진짜 애들마다 다 다른 거 있지? 엄마는 어떤 스타일이 좋아?"

"알잖아, 엄마는 극강의 상견례 프리패스상 좋아하는 거."

"그건 너무 지루하지 않아? 난 진짜 날렵하고 각진 스타일이 좋아."

중학생 정도 되니 학교 친구들이나 선생님 이야기를 듣는 것도 재미있다. 이미 너무 가물가물해진 내 학창 시절 생각도 난다. 세상은 아주 많이 바뀐 것 같은데 여중생의 마음은 그다지 변하지 않은 것 같다. 이럴 때는 유쾌하게 조잘조잘 주고받는 이야기로 기분이 좋아진다.

문제는 내가 신경이 곤두서 있는 날이다. 안테나는 온통 핸드폰 보며 밥 먹고 있는 아이에게 가 있다. '얼른 먹고 학원 갈 준비를 할 것이지.', '시간 아깝게 왜 저렇게 핸드폰만 쳐다보고 있지? 그냥 팍팍 빨리 먹지.' 하는 생각이 실제 목소리로는 나오지 않도록 꾹꾹 누르다가 결국 폭발해 버린다.

"빨리빨리 먹고 시간 맞춰 나갈 생각 안 하고 언제까지 핸드폰만 들여다보고 있을 거야!"

"먹고 있잖아. 아, 알아서 한다고."

"지난번에도 그래 놓고 숙제도 다 못했잖아. 이제 좀 알아서 시간 맞춰서 딱딱 행동 좀 해."

"엄마는 잔소리 말고는 할 말이 없어? 나중에 딸 기억에 엄마 잔소리만 남으면 좋겠어?"

"네가 알아서 잘 챙기면 나도 잔소리를 왜 하겠어! 나도 잔소리에 에너지 쓰기 싫어. 자꾸 그러면 핸드폰 압수야!"

"엄마는 무슨 말만 하면 핸드폰 압수래! 내가 알아서 한다고!"

온갖 날이 선 말들로 아이의 신경을 건드리고 아이도 질세라 따박따박 목청 자랑을 한다. 그러다 밥도 먹다 말고 학원으로 휙 가 버린다. 서로의 마음에 상처를 주는 이런 날은 나쁜 예다.

딸이 그렇게 가버리고 나면 나는 일부러 그릇이 깨져라, 더 큰 소리를 내며 설거지를 한다. 머리로는 이해하는데 가슴으로는 이해가 안 될 때가 너무나 많다. 한참을 달그락거리며 설거지하다 보면 어느새 마음은 진정이 된다. 화를 내고 보낸 딸이 걱정되기도 하고 미안하기도 하고 안쓰럽기도 하다. 정말 우리 사이에 잔소리 말고는 남는 것이 없을까 봐 걱정되기도 한다.

저녁에 아이가 샤워를 하고 나와 세탁실로 옷을 가져다 놓는 것을 식탁에 앉아 물끄러미 쳐다보다가 눈길이 발뒤꿈치에 닿았다. 발뒤꿈치가 발갛게 달아올라 있다. 맨들맨들, 보들보들해 보인다. 아직 발뒤꿈치가 굳어지지도 갈라지지도 않았다. 그만큼 땅을 많이 딛지 않았다는 것과 같은 말일 테다. 샤워하고 나온 딸아이의 발뒤꿈치를 보고 불현듯 깨달았다. 나이가 들면 자연히 발뒤꿈치가 굳고 각질도 생기고 심지어 갈라지기도 한다. 아직 어린데, 뭘 몰라서 그런 건데, 내 굳어진 발뒤꿈치의 세월만큼의 지혜와 상식을 한꺼번에 요구했던 것을.

나는 어릴 때부터 짜증이 많은 아이였다. 뭐가 그렇게 마음에 들지 않고 불만이 많았는지 무엇에든 투덜댔다. 국민학교(다들 다니셨을 거라 믿어요) 때는 숙제를 많이 내주는 선생님 때문에 교실에서 눈물이 찔끔 날 정도로 짜증을 부리기도 했다. 엄마가 심부름을 시켜도 짜증, 맛없는 반찬이 나와도 짜증, 아침에 일찍 일어나 학교 가야 하는 것에도 짜증이 났다. 그 많던 짜증이 기질적인 성격이 아니라 고쳐야 하는 태도라는 것을 연애하면서 알게 되었다. 짜증이 나는 것은 내 안의 문제이고 그것을 빌미로 다른 사람에게 무례하게 대하는 것은 이해받을 수 없다는 것을. 나이가 들면서 점점 '기분이 태도가 되지 않도록' 주의하면서 사람의 모습을 갖추어 가기 시작했다. 물론 사회적 가면을 쓰는 법도 알게 되었다. 잘 모르는 관계일수록 더욱 친절하고 상냥한 자세를 취하기도 한다. 그러다 보니 내가 잠깐 무방비 상태가 될 때 가장 사랑하지만 나보다 약한 존재에게 내 짜증이 폭발하기도 했다. 그게 내 작고 소중한 어린 딸이었다. 아직 미숙한 아이가 주어진 일을 성실하게 수행해 내지 못하면 그렇게 화가 나고 짜증이 났다. 목소리는 높고 날카로워졌다. 투박한 사투리로 버럭버럭 화를 내며 아이의 기를 죽였다. 어릴 때는 그게 먹혀 내가 원하는 대로 움직일 수 있게 했지만 이제 10대 중반의 청소년이 된 딸은 껍질을 깨고 나왔다. 내 말이 곧이곧대로 먹히지 않는다. 내 마음에 들지 않는 행동을 하면 덮어두고 짜증 섞인 말로 잔소리를 시작했다. 갑자기 일방적으로 잔소리 폭격을 받은 아이는 아주 논리적으로 따박따박 옳고 그름을 따지고 들었다. 가만히 듣고 있으면 그럴 수밖에 없었던 경우도 분명히 있었다는 게 이해되면서 뒤늦게 미안한 마음이 들 때도 있었다. 그 논리적인 사고와 당찬 성격으로 어디에 가도 먹고는 살겠구나 싶은 마음이 들 정도로 아이는 성장해 가고 있었다.

앞으로 수없이 많은 시간, 딸의 발은 땅을 디디게 될 것이다. 그 보드랍던 발뒤꿈치가 점점 굳어지고 갈라져 가는 만큼 세상을 알아가고 자기 할 일들도 스스로 잘 챙겨 나갈 게 틀림없다. 그때는 딸의 "알겠어! 잠시만."을 또 그리워하게 될 것이다. 오히려 나는 점점 기력을 잃고 판단력도 흐려지며 행동도 굼뜨게 될 것이 분명하다. 그러면 그때 내가 딸에게 "알겠어! 잠시만."을 외치게 되겠지. 그런 날은 최대한 늦게 오길 바랄 뿐이다.

설거지하는 남편의 등

새로운 계절을 맞이하기 위해 남편과 쇼핑하러 나갔다가 들어온 저녁이었다. 그날은 오랜만의 외출이라 사놓기만 하고 입을 일이 없었던 원피스를 꺼내 입었다. 거기에 맞춰 눈부신 큐빅이 촘촘히 박혀 있고 살짝 높은 굽에 뒤는 트인 뮬을 신었다. 집 안에서는 크게 움직일 일도 없었고, 운동도 쉰 지 오래됐다. 아니나 다를까 집에 돌아오니 다리며, 발이며, 허리며, 안 아픈 곳이 없었다.

서둘러 저녁을 먹고 난 후 치워야 하는데 내 입에서는 저절로 "아이고, 아이고, 아야야야, 움직일 수가 없네, 꼼짝을 못 하겠다."라는 소리가 계속 나왔다. 내가 워낙에 저질 체력인 것을 알고 있는 남편은 들어가서 쉬라며 자기가 주섬주섬 치우기 시작했다.

'그래, 그 정도만 해줘도 고맙지.'

얼른 들어가 누웠다가 잠시 나왔는데 남편이 설거지까지 하고 있었다. 식탁 위만 치우고 말았을 거라고 생각했는데 설거지까지 하고 있는 모습을 보니 고마운 마음이 들었다. 오랜만에 보는 설거지 하는 남편의 등.

나고 자란 곳과는 전혀 다른 지역으로 이사 와서 새로운 이웃들을 만나 친구가 되었다. 그들과 함께하는 시간이 많아지다 보니 자연스레 각 가정의 사정들을 알게 되었다. 이곳의 아빠들은 가정적이고 다정한 것 같다. 성급한 일반화의 오류일 수도 있으나 적어도 내 주위는 다 그렇다. 가족과 함께하는 시간이 많다. 바쁜 엄마를 대신해 밥 먹여 학교도 보낸다. 집안일은 물론이고 주말마다 아이들을 데리고 산으로 들로 나간다. 한두 집이 그러나 싶었는데 만나는 대부분의 집들이 그러했다.

남편은 직장 동료가 부인에게 '자기야.'라고 부른다며 깜짝 놀라 했다. 쉰 살이 넘은 남자가 '자기야.'라고 표현하는 게 너무 어색하다는 것이다. 남편의 입장에서는 문화적 충격이었을 것이다.

그러다가 『소년의 레시피(배지영, 웨일북)』라는 책을 읽었다. 일찍 진로를 정해 강단 있게 제 앞길을 묵묵히 나아가는 소년이 멋졌다. 그렇지만 읽는 내내 내가 부러워한 사람은 그 집 엄마였다. 무슨 복을 타고났길래 남편이 매일 밥을 해 주나. 거슬러 올라가 보니 시아버지도 가족을 위해 밥을 해 주시는 분이란다. 부러우면 지는 거라고 했는데, 졌다.

남편은 부산 남자다. 남편은 확실히 감정을 솔직하게 드러내지 못한다. 감정을 드러내는 것을 부끄럽게 여긴다. 잘해 주고 싶어도, 뭔가 좋은 것을 주고 싶어도 있는 그대로 보이는 것을 남자답지 못하다고 여기는 것 같다.

"오다 주웠다."

이 유명한 말에 모든 의미가 담겨 있다. 표현하지 못한다고 감정이 없는 것은 아니다. 그러나 표현하지 않아서 생기는 오해도 많을 것이다. 경상도 남자들도 아내와 자식을 사랑하고 가정을 소중히 여기는 마음은 전 세계 어느 남자들 못지않다고 확신한다. 아버지와 아버님이 그렇고 내 남편도 그러하니.

그날 저녁 남편은 나에게 확실히 표현했다. 집안일은 분담의 개념이 아니라 도와주는 개념이라며 간 큰 소리를 해대던 부산 남자가 스스로 설거지를 했다. 그것도 배수구까지 뽀드득뽀드득 소리 날만큼 깨끗하게. 음식물 쓰레기 처리까지 싹 해 놓고 설거지 볼까지 반짝반짝하게 닦아 놓은 것을 보고 생각이 났다.

'원래 이 사람은 살림 잘하던 사람이었는데.'

예전에 일본에서 살 때는 엄청나게 집안일도 잘하던 사람이 귀국하자마자 손을 딱 놓는 것을 보고 환경이 문제라는 생각을 한 적이 있었다. 남자의 집안일을 막는 보수적인 환경.

하긴, 집안일 분담을 논하기에는 남편은 너무 바쁘고 피곤했고 나는 시간이 많았다. 그래도 정리는 잘하는 사람이라 여전히 쓰레기 분리수거는 알아서 척척 한다. 이것만으로도 괜찮다.

“오빠야, 설거지까지 해줬네. 배수구까지 씻었어? 와, 완전 감동. 고마워. 역시 오빠야는 진짜 내보다 더 깔끔하게 잘한데이.”

“내가 음식물 쓰레기도 치웠다이.”

“안다. 봤다. 진짜 최고다. 덕분에 잘 쉬었어. 고마워.”

남편이 주방을 정리하고 아무 일도 없었다는 듯이 앉아 기타 연습을 하고 있을 때 나는 ‘솔’의 음정으로 과하게 호들갑 떨며 칭찬하고 고마워했다. 남편은 겉으로 표현하지는 않았지만 싫지 않은 눈치였다. 누구든 뿌듯한 일을 하고 나면 생색내고 싶기 마련인데, 알아봐 주니 기분이 좋았을 것이다. 너무 구차해 보이는가? 아니, 나는 몸이 편한 게 더 좋다.

남편이 그릇들을 씻어 곱게 엎어놓고 깔끔하게 정리한 싱크대를 보다가 빙긋이 웃음이 났다. 개수대 안에 유리컵 세 개가 얌전히 앉아 있었다. 남편도 ‘돌아서면 컵 하나’의 저주에서 벗어날 수는 없었다.

한정판 DNA

유난히 긴 장마에 비가 억수같이 쏟아지던 토요일, 딸아이는 친구와 놀기로 했다며 굳이 나가야겠다고 고집했다. 남편은 "그럼 야외는 위험하니 실내 쇼핑몰에서 놀아라."하며 데려다주겠다고 했다. 예전 같았으면 "오늘 같은 날 어디를 나가냐."라고 한소리 했겠지만 어차피 싸워봤자 기분만 상할 뿐 황소고집을 꺾을 수는 없다는 것을 잘 알고 남편과 딸의 협상 과정을 지켜보고만 있었다. 결국, 협상은 큰소리 나지 않고 잘 끝났다.

"나 돈 없는데 용돈 좀 주세요."

이미 이번 달 용돈은 다 썼지만 중학교 들어가서 새로 사귄 친구와 밖에서 논다고 하니 용돈을 따로 조금 더 주려고 했었다.

"나도 다른 애들처럼 카드 좀 써보고 싶다, 엄마. 카드 좀 주면 안 돼?"

"뭐라카노. 카드는 원래 빌려주고 하는 거 아이다."

그럼 그렇지, 좋게 끝날 리가 없지. 용돈을 좀 넉넉히 주고 싶은 마음이 싹 사라져 버렸다. 그 순간 의외로 남편이 자기 카드를 주라는 것이다. 뭐에 썼는지 문자가 오니까 오히려 더 안심이라면서. 카드는 분실 위험이 있으니 잘 보관해야 한다고 몇 번이나 신신당부를 하며 보냈다.

남편과 나는 간단히 장을 봐온 뒤 정리하고 영화도 한 편 보며 여유로운 주말을 보내고 있었다.

"10,900원이 찍혔는데 뭘 먹은 거지?"

"'두끼'에서 떡볶이 먹나 보네."

"배라('배스킨라빈스'를 말한다)에서 4,000원, 27,900원 연속으로 두 번 찍혔는데 뭘 산 거지?"

"아니 배라는 그 안에 없잖아. 걸어 나와야 되는데 새로 산 하얀 운동화를 안 신고 아껴두다가 왜 굳이 오늘같이 비가 쏟아지는 날에 신고 가서 밖으로 나갔대?"

솔직히 배라에서 두 번 문자 온 것보다 흰 운동화가 얼룩지는 게 더 신경 쓰였다.

김장철 배추에 소금 뿌리듯이 앞이 보이지 않을 정도로 후드득후드득 비가 오는 날, 외식도 무리여서 주방으로 출근했다. 주섬주섬 싱크대 정리하며 저녁 할 준비를 하고 있으니 딸아이에게서 문자가 왔다.

"이거 샀엉. 헤헤."

사진 한 장이 내 핸드폰으로 전송되었다.

"뭔데?"

"배라 방탄(방탄소년단)!! 에디셔언!"

이게 27,900원의 정체였다. 카드 한 번 써보고 싶다고 해서 카드를 손에 쥐여줬더니 저런 간 큰 짓을 했다. 아이돌 컬래버레이션 상품을 사는데 3만 원쯤 우습게 써버리다니. 한 번쯤 사도 되냐고 물어볼 법도 한데 통 큰 딸은 그냥 훅 질러 버렸다.

싱크대에 남아 있는 몇 가지들을 씻으며 딸의 소비 규모와 패턴을 가만가만 생각해 보았다. 언제부터였지? 결국 생각의 끝에서 나와 남편의 '기간 한정', '지역 한정' 판매에 약한 모습을 만났다.

여행을 가면 꼭 그 지역에서만 살 수 있는 것들을 찾아서 산다. 여행에서 돌아와 일상생활을 하며 문득문득 그곳에서의 추억을 느끼고 싶다는 이유로 작은 소품들을 즐겨 산다. 어떤 상품이 기간 한정으로 나오면 나중에 못 사게 될까 봐 얼른 사야 했다.

아기자기하면서 자질구레하지만 특이한 디자인의 소품이나 기능성 포켓이 많이 달린 가방을 좋아하는 남편은 잡화점 구경을 좋아한다. 여행지에서 특이한 장식의 소품이나 세련된 사무용품을 많이 파는 잡화점은 우리에게 방앗간이다. 뭐든지 한눈에 들면 그 자리에서 결정하고 구매하는 나와는 달리 남편은 아주 오래오래 고민하는 편이다. 그럴 때 남편은 어김없이 물건을 들었다 놓았다를 반복한다.

"이거 살까 말까. 고민되네."

"오빠야, 잘 생각해 봐. 여기까지 와서 안 사고 갔다가 나중에 생각나서 다시 사러 오려면 경비가 더 많이 든데이. 있을 때 그냥 사야 되는 거야. '나중에 사야지 하면 품절이니라' 몰라?"

나는 옆에서 뽐뿌질만 열심히 할 뿐이다.

남해에 여행을 갔더니 독일 마을의 맥주 축제 때문인지 수제 맥줏집이 많았다. 독일 맥주와 맥주잔을 세트로 팔길래 그곳에서만 파는 맥주인 줄 알고 당연히 샀다. 이것저것 간식거리를 사러 편의점에 들어갔는데 유자가 유명한 남해답게 '경상유자에일'이라는 맥주가 냉장고 가득 진열되어 있었다.

'이것이 바로 이곳의 지역 한정 맥주이며 우리가 가방 가득 쟁여가야 할 특산품이구나.'

하고 바로 감이 왔다. 일단 몇 개를 사서 숙소에서 마셔봤다. 잘 자란 유자의 청량한 시트러스향과 에일 맥주의 부드러움이 잘 어우러져 이제껏 맛봤던 에일 맥주와는 또 다르게 맛있었다. 다음 날 집으로 돌아오며 편의점에 들러 더 샀다. 여행지에서 사 온 그 맥주를 마실 때면 내 몸은 비록 우리 집 식탁에 앉아 있지만 별이 가득하던 여름밤, 남해의 독일마을 언덕을 내려다보며 상큼한 맥주를 마시던 우리가 생각났다. 그래서 우리는 국내든 국외든 어딜 가든 이고 지고 그곳의 물건들을 사 들고 오는지도 모르겠다. 그때는 남해에서만 살 수 있는 건 줄 알고 아쉬워했는데 검색해 보니 해당 프랜차이즈 편의점에서 판다는 사실을 알았다. 또 마실 수 있겠다 싶어서 반갑기도 했지만 아쉬웠다. 그곳에 가야지만 마실 수 있고 먹을 수 있고 살 수 있어야 그것을 위해서 한 번이라도 더 가볼 텐데. 이제는 한 번 더 '경상유자에일'을 마시고 싶으면 집 앞 편의점에 가면 된다. 이기적인 생각이지만 유통의 발달은 뭔가 로맨틱하지 않다는 생각이 문득 들었다.

딸은 아주 아기일 때부터 우리 부부의 그런 모습을 보고 자랐고 자연히 뇌에 각인되었을 것이다. 엄마 아빠가 '기간 한정', '지역 한정'에는 너그러운 것을 이미 알고 있었다. 그런 것을 살 때는 더 당당하게 요구하기도 한다. 그런 소비 패턴이 교육상 나쁠 것 같아 저지하곤 했지만 함께 여행을 가거나 물건을 살 때면 어김없이 나도 모르게 그런 모습을 보이게 된다. 수학여행이나 연수 후에 사 온 기념품들을 늘어놓고 오히려 우리가 품평회를 하기도 했다. "응, 이건 여기서는 절대 구할 수 없는 거네. 잘 샀어." 혹은 "이런 건 어디든 흔하게 있잖아. 이런 건 사 오면 안 돼."

카드도 손에 쥐어졌겠다, 좋아하는 아이돌의 '콜라보'가 눈앞에 있겠다, 엄마 아빠는 한정판에 너그럽다면 더 망설일 필요가 없었던 것이다. 3만 원짜리 아이스크림 하나에 생각이 꼬리에 꼬리를 물었다. 역시 설거지할 때는 브레인스토밍이 마구 일어난다. 집에 오면 따끔하게 한마디 해야지. 그런데 그런 말 할 자격이 있나? 나도 이제부터는 기간 한정이나 지역 한정에 목매지 말아야지. 여기까지 생각이 미친다.

집에 돌아온 딸은 오자마자 나에게 분위기 파악도 못 하는 소리를 했다.

"엄마도 BTS 팬이면 안 돼? ○○네 엄마는 ○○랑 같이 BTS 팬이라서 뭐 사달라고 하기도 전에 이미 주문해 놓는대. 엄마도 그랬으면 좋겠어."

"그럼 너도 엄마가 좋아하는 작가 책 같이 읽고 이야기 나누고 그러자. 팬텀싱어 노래 같이 듣자."

"아니, 미안해."

이겼다. 오랜만에 딸이 순순히 승복했다. 바깥은 여전히 비가 억수같이 쏟아지고 있었다.

그날 저녁, 제주도에서 공수한 추자도 멜젓 소스를 불판 위에다 놓고 부글부글 끓여가며 고기를 구워 먹었다. 제주도 여행을 갈 때마다 우리 가족이 꼭 가는 현지인 고깃집이 있다. 관광객은 보기 힘들고 그 지역 사람들만 와서 먹는 숨은 맛집이다. 양념으로 재워 먹는 달콤한 돼지 갈비가 아니라 생돼지 갈비를 구워 제주식 멜젓 소스에 찍어 먹는다. 제주 출장이 잦은 남편이 제주 현지인의 소개로 갔다가 그 맛에 반해 우리를 데리고 갔다. 거기서 우리는 제주식 멜젓 소스의 매력에 빠져 버렸다. 남편은 멜젓 소스가 나오면 가위로 청양고추를 잘게 어슷하게 썰어 편마늘과 함께 소스 그릇에 담는다. 그리고는 소주잔 3분의 1 정도의 소주를 부어 조제한 소스를 보글보글 끓인다. 우리 가족은 남편이 능숙한 손놀림으로 제조한 멜젓 소스에 잘 익은 돼지 갈빗살을 찍어 먹는 것을 좋아한다. 제주에 살지 않는 우리는 제대로 멜젓 맛을 살린 식당을 찾기 어려웠다. 그러다 남편은 진짜 추자도의 멜젓을 인터넷에서 발견했다며 반가워했다. 그렇게 지역 한정적인 추자도의 대용량 멜젓은 우리 집으로 왔다. 아이의 한정품 쇼핑에 대해 일장 연설을 늘어놓은 날도 멜젓을 끓여 고기를 구워 먹는 우리는 역시 '기간 한정', '지역 한정'을 포기하기 힘들다.

손에 물 묻히기 싫었던 아이

나는 형제 많은 집의 셋째 딸이다. 우리 때는 다 그랬겠지만 어릴 때부터 엄마를 돕는 게 당연한 일이었다. 엄마는 할머니까지 모시고 다섯 명의 아이를 건사했다. 아빠는 내가 중학교 3학년 때부터 지방에서 일하고 주말에만 집에 오셨다. 일명 주말부부. 하. 지금 생각하면, 엄마는 어떻게 남편도 없이 시어머니를 모시면서 다섯 아이들의 뒤치다꺼리를 하고 살았을까. 나라면 그렇게 못 살았겠다 싶은 삶이다. 어릴 때는 그게 어떤 의미인지 상상도 하지 못했다. 그저 내가 원하는 것을 빨리 해결해 주기만을 기다렸다. 엄마 일은 엄마 일일 뿐이라고 생각했다. 그게 세탁물이든 준비물이든 학교에 제출할 각종 서류든.

작은 언니는 달랐다. 살갑게 엄마를 많이 도와줬던 기억이 있다. 설거지도 알아서 하고 청소도 했다. 어릴 때 "엄마는 작은 언니를 더 좋아한다."며 엄마한테 투정을 부렸다. 지금 생각해 보면 내가 엄마라도 작은 언니가 고마웠고 좋았겠다 싶다. 엄마는 늘 작은 언니가 너무 약하게 태어나서 안쓰럽다고 했지만, 사실은 작은 언니가 제일 강인했던 것 같다.

나는 어릴 때도 손에 물 묻히기 싫어했다. 집안일 자체에 관심이 없었다. 중고생 정도 되면 내가 먹은 밥그릇 정도는 설거지해 놓아야 할 텐데 그걸 그대로 담가 두었다. 엄마는 어차피

시집가면 평생 할 일이라며 놔두라고 했지만 한 번씩 폭발하면 잔소리를 했다. 나는 그럴 때면,

"지금부터 손에 물 묻히면 평생 물 묻히고 사는 인생 된대. 나는 나중에 '가정부' 부리고 살 거야."

라고 세상 물정 모르는 소리를 해대며 요리조리 피했다. 요즘은 내가 했던 말과 행동을 토씨 하나 틀리지 않고 그대로 딸에게 돌려받고 있다.

대학 다닐 때 교회에서 행사가 있어 청년부원들이 설거지를 해야 할 일이 있었다. 그때 나도 몇몇과 둘러앉아 이야기 나누며 설거지를 하고 있었다. 갑자기 한 오빠가 내게 물었다.

"(배우 이시언 씨 말투로) 니, 집에서 설거지 안 하제?"

"왜? 뭐 보고 알 수 있는 건데?"

"젓가락을 누가 하나하나 닦고 있노. 한꺼번에 몇 개씩 쥐고 닦는 거지. 그래가지고 언제 다 닦을래. 설거지 안 해본 거 딱 표난다."

나는 화들짝 놀랐다. 공부를 잘해서 의대에 다니는 오빠였다. 그렇게 공부 잘하는 사람들도 집에서는 설거지도 하나 보다. 젓가락은 하나하나 씻지 않아도 된다는 것을 그때 처음 알았다. 거기다 무심코 하는 내 행동에 내 생활이 고스란히 보인

다는 사실이 무서웠다. 집안일을 돕지도 않는 이기적인 아이로 보이는 게 부끄러웠다.

그때 그 오빠는 원래 아주 유쾌한 사람이라 기분 나쁘지 않게 웃으며 던진 말이었는데 나는 그 말에 바뀌었다. 집안일을 돕기 시작했다. 설거지부터 했다. 적어도 내가 쓰고 난 그릇이나 냄비를 씻기 시작했다. 한 번씩 가족들과 함께 먹은 그릇들을 씻을 때면 언니들은 "니가 웬일이고?"라며 눈을 동그랗게 뜨기도 했다. 나중에 결혼하고 나서 명절이나 조부모의 추도예배로 모인 날의 설거지는 싱크대로는 감당할 수 없는 양이 되었다. 형제 많은 집 자식들이 결혼해 분가하고 또 각자의 가족들이 생겨났기 때문이다. 한 번에 다 모여 식사를 하게 되면 숟가락만 17개였다. 그럴 때면 나는 적극적으로 설거지를 자청한다. 주택에 살 때는 주방 옆에 붙은 목욕탕에서 큰언니와 함께 간이 의자에 앉아 큰 '다라이' 두 개 가득 차 있는 그릇과 냄비와 각종 조리기구들을 씻었다. 한 명은 세제를 칠하고 한 명은 헹군다. 그때 조용히 '우리끼리' 나누는 이야기도 재미있다. 친정이 아파트로 이사 가면서 싱크대에 서서 끝없이 나오는 설거지를 하는 것도 많은 형제들 중 누군가와 함께하면 금방 끝난다. 사실 설거지는 쌓여있는 그릇을 건드는 처음이 힘들다. 일단 손에 물을 묻히고 시작하면 점점 깨끗해지는 그릇과 비어가는 싱크볼을 보며 성취감과 만족감이 든다. 가장 값싸게 작은 성공 경험을 맛볼 수 있는 일이지 않을까 한다.

사실 그전까지는 엄마 일을 돕는다는 개념이었고 형제 많은 집이라 내가 안 해도 누군가는 하겠지 싶은 마음도 있었다. 그러나 다들 바빠서 집안일에는 신경 쓰지 않았고 엄마는 혼자 몸과 마음이 늙어갔다. 관절염이 심해져서 손목, 어깨, 무릎이 다 망가졌다. '나이 들면 다 그렇지 뭐.'라고 쉽게들 말한다. 가죽만 남아 힘줄이 불뚝불뚝 튀어 올라온 엄마의 손과, 무릎이 아파 절뚝거리며 걷는 엄마의 걸음에 고단했던 엄마의 인생이 그대로 묻어 있다.

매일 기본적으로 밥 먹고 청소하는 것 외에도 냉장고 정리나 화장실 타일 청소, 베란다 창틀 청소, 계절별 옷장 정리, 이불 빨래 등 한 가정을 꾸려나가는 데 너무나 많은 체력과 시간을 들여야 한다. 나는 뭐든지 내 손을 다 거쳐야 한다는 생각 자체가 없는 사람이다. 남이 해 줄 수 있으면 다 남의 손에 맡겨버리는 편이다. 내 살림을 모르는 사람이 와서 손대는 게 싫다는 생각은 해본 적도 없다. 그런데도 손에 물 묻히는 것을 싫어했던 아이는 자라서 결국 가사도우미를 모시지 못했다. 나는 스스로 모든 것을 다 해야 하는 소시민의 삶을 살고 있다. 세상 물정 모르고 가정부를 들일 거라며 철없이 내뱉던 말들은 힘든 엄마를 더 외롭게 만들었을 것이다.

젓가락을 씻고 있으면 문득문득 커다랗고 빨간 '다라이'에 둘러앉아 부드럽게 뼈 때리는 말을 듣고 있었던 내가 떠오른다. 그저 사실이라 웃을 수밖에 없었던. 아니라고 항변조차 하지 못했던 내가 떠오른다.

돌이켜 보니 내가 설거지를 싫어한 역사가 꽤 길지 싶다. 손에 물 묻히며 살지 않겠다던 아이는 지금도 매일매일 손에 물 묻히며 살고 있다. 그러나 이제는 설거지가 별로 불만스럽지는 않다. 몸에 무리가 올 정도로 살림을 하지도 않고 부지런하지도 않다. 그저 매일 내 손으로 정리하고 관리해야 하는 주방이 있다는 것만으로도 감사할 일이다. 적어도 매일 무언가를 먹고 있다는 증거니까.

티스푼 달궈봤니?

지금 그녀는 말끔히 닦아 놓은 식탁 앞에 앉아 거울에 빨려 들어갈 기세로 자신의 얼굴을 뜯어보고 있다. 그녀는 14살, 중1이다.

시험공부 한다며 방문 닫고 들어갔던 그녀가 갑자기 문을 벌컥 열며 나왔다.

"엄마! 티스푼을 가스 불에 좀 달궈줘. 그걸 냉동실에서 잠깐 식히면 쌍꺼풀 만들 수 있대!"

딸이여, 나는 네가 시험공부하고 있는 줄 알았다.

"무슨 말이야. 그런 식으로 쌍꺼풀 만들면 눈꺼풀이 처져서 나중에 수술도 안 된대."

"티스푼으로 라인 계속 잡아주면 쌍꺼풀이 생겨서 수술 안 해도 되고 그럼 돈도 아끼고 좋잖아."

일단 방어는 해봤지만, 유튜브 동영상으로 이미 한참을 찾아보며 공부한 그녀에게는 먹히지 않았다. 이럴 때는 실랑이 해봤자 시간만 아까울 뿐이다. 에라잇! 결국 벌떡 일어났다. 그녀는 이미 자기 눈에 딱 맞는 티스푼을 찾아놓았다. 그걸 들고 가스레인지를 켜서 불에 달궈주었다. 티스푼을 불에 달구고 있는데 그녀가 물었다.

"엄마는 어릴 때 쌍꺼풀 만들고 그러지 않았어?"

"나는 쌍꺼풀은 관심 없었어. 코를 세우고 싶어서 빨래집게를 꽂고 다니긴 했지만."

그렇네. 나도 옛날에 그런 적이 있었네. 그런 이야기들을 하며 뜨겁게 달군 티스푼을 건네자 그녀는 냉동실 문을 열어 놓은 채로 티스푼을 넣었다 뺐다 했다. 엄마가 너무 뜨겁게 달궜다고 한 소리 하면서. 하여튼 같이 있으면 손이 많이 가는 딸이다. 그걸 또 다 해주는 나도 참 나다.

그렇게 적당한 온도를 찾은 티스푼을 들고 그녀는 거울 앞에 앉아 열심히 눈꺼풀을 눌러댔다. 그 모습을 보고 있으니 딱 저 나이 때의 내가 떠올랐다.

여중생 시절의 나에게 "너의 소원이 무엇이냐."고 물으면 주저하지 않고 말했다.

"일본 가서 코 수술하고 싶어."

그때는 일본의 성형 수술 기술이 좋은지 어떤지도 몰랐다. 그냥 미국은 너무 멀고 우리나라보다 왠지 외국이 더 잘할 것 같은 무지함에 그런 말을 했던 것 같다. 그 당시나 지금이나 성형 수술은 우리나라가 최고인 것 같지만.

어릴 때부터 키가 작고 코가 낮은 것이 나의 최대 콤플렉스였다. 코가 조금만 더 높았으면, 키가 조금만 더 컸으면. 요즘은 이름의 가나다순으로 번호를 정하지만 내가 중학교를 다닐 때만 해도 키로 번호를 정하던 시절이었다. 외모로 줄을 세우던 폭력적인 시기였다. 그때는 그게 특별히 부당하다고 생각하지도 않았다. 너무 오랫동안 다들 그렇게 해 왔으니. 자연히 특출나게 사교적인 성격이 아닌 이상, 키가 큰 아이들은 키가 큰 아이들끼리 친해지고 작은 아이들은 작은 아이들끼리 친해질 수밖에 없는 시스템이었다.

고등학교를 진학하고도 키에 대한 불만은 여전했다. 더 이상 내가 어떻게 할 수 없는 부분인 걸 알면서도 아쉬움이 컸다. 그런데 친구의 딱 한 마디로 오랜 기간 나를 괴롭혀 오던 키에 대한 콤플렉스가 한 방에 날아가 버렸다. 아주 사교적이고 똑똑한 친구는 이렇게 말했다.

"나도 딱 너만큼만 컸으면 좋겠다."

이 얼마나 웃긴 상황인가. 작은 아이들끼리 친하게 지내다 보니 내 작은 키도 부러워하는 친구가 있었던 것이다. 그때 나는 원효 대사의 해골 물에 버금가는 깨달음을 얻었다. 그 친구는 비록 키는 작지만 예쁘고 말도 잘하고 공부도 잘했다. 인기가 많아 친구도 많았다. 어느 것 하나 빠지는 것 없이 자기의 삶을 충실히 살아가던 아이였다. 그 친구에게서 자신의 키에 대한 불만을 들어본 적이 없던 나는 깜짝 놀랐다. 내 키가 부끄러울 정도로 작은 키도 아닐 뿐 아니라, 오히려 나를 부러워하는 사람도 있구나. 더 이상 키에 연연해하며 살 필요가 없구나.

덕분에 키에 대한 콤플렉스가 사라졌다. 30년이 다 되어가는 지금도 잊을 수 없는 것을 보면 말 한마디의 힘은 실로 어마어마하게 강하다.

사실 내가 신체에 콤플렉스를 가졌다면 오른쪽 다리였을 거다. 혈관이 뭉쳐져 붉은 반점처럼 보이는 부분이 있다. 엄마는 한 번도 그걸 보고 '흉하다, 큰일이다.'라는 말을 하지 않았다. 너무나 자연스럽게 대했기 때문에 그것을 숨겨야겠다는 생각을 못하고 살았다. 여름이면 반바지나 치마를 아무렇지도 않게 입고 다녔다. 한창 외모에 예민할 여중생 때 다리에 대한 고민을 조금도 하지 않고 큰 걸 보면 엄마의 대범한 양육이 콤플렉스로 여기지 않게 해 준 것이 아닌가 싶다. 오히려 어른이 되고 나서 만난 사람들이 물어보곤 했다. 나도 나이가 들고 그런 궁금함에서 나오는 질문들에 답하다 보니 귀찮아져서 바지를 선호하게 됐다.

딸아이는 고도 원시에 난시로 6살 때부터 안경을 써야 했다. 제발 어른들(특히 모르는 할머니들)이 모르는 척 그냥 지나가 주셨으면 좋겠다고 간절히 생각했다. 안경을 꼭 써야 하는 건데 어른들이 안쓰럽다는 생각에 "아이고, 벌써 안경 썼냐." 라고 말하기 시작하면 안경에 대한 부정적인 생각이 들 게 분명했기 때문이다. 작고 보들보들한 아이의 얼굴에 벌써 안경을 씌워야 한다는 것에 나부터 억장이 무너졌지만, 아이에게는 그런 내색하지 않았다. 그런 것을 콤플렉스로 만들어주고 싶지 않았기 때문에 특히나 말을 조심했다. 하지만 여지없이 스쳐 지나가는 잘 모르는 어른들은 한마디씩 했다. '벌써 안경을 썼냐, 왜 썼냐, 불편하겠다.' 등의 하나 마나 한 소리들을. 아니, 안 하느니만 못한 소리들을.

식탁에서 열심히 쌍꺼풀을 만들던 그녀는 너무나 만족해하며 자신의 쌍꺼풀을 보여줬다. 원래 쌍꺼풀이 생길 기미가 있는 눈이라 조금만 손을 대니 금방 진하게 생겼다. 눈을 감으면 사라질 거라며 눈을 부릅뜨고 있는 모습에 웃기기도 하고 언제 저렇게 컸나 싶기도 했다.

외모에 관심을 가지기 시작하면서 어김없이 생겨나는 콤플렉스. 가진 것을 사랑하기보다는 가지지 못한 것을 열망하는 것. 그 콤플렉스가 꼬물꼬물 싹이 트려고 할 때 무심코 던진 말 한마디는 한 사람의 삶을 윤택하게 만들기도 하고 나락으로 떨어지게도 만든다. 그러니 제발 말조심.

어서 와! 제빵은 처음이지?

급하게 장을 볼 일이 있어 마트에 도착하자마자 딸에게서 전화가 왔다.

"엄마, 나 필요한 게 있는데 좀 사다 줘. 문자로 보낼게."

곧 문자가 왔다. 박력분, 흰 설탕, 베이킹파우더, 버터, 우유, 시나몬 가루 등이 적혀 있었다. 오늘은 또 무슨 유튜브를 보고 필이 꽂혔는지. 또 얼마나 주방을 엉망으로 만들려고 그러는지. 잔소리를 하려다가 외출도 못 하는 요즘 얼마나 심심하겠나 싶어서 알겠다고 답을 했다.

딸은 유튜브에서 유행하는 간식은 거의 다 만들어 본 것 같다. 탕후루, 머랭 쿠키, 코하쿠토, 달고나 커피 등. 그녀는 어릴 때부터 호기심이 무척 왕성해서 '호기심 천국', 끝내주게 잘 놀아서 '놀이 영재' 등의 별명으로 불렸다. 수학 영재, 미술 영재도 아니고 놀이 영재라니. 풋.

부탁받은 재료들을 사 들고 갔더니 오늘은 시나몬롤을 만들겠다고 했다. 헉! 또 잔소리가 마구 튀어나오려고 했지만, 그동안 딸을 통해서 인내심 훈련을 많이 받았기 때문에 성숙한 엄마답게 그러라고 했다. 돌덩이가 가슴을 짓누르는 것 같았지만 겉으로는 쿨하게 답했다.

"이번에는 엄마가 절대로 안 도와줄 거야. 처음부터 끝까지 혼자 하는 거야. 다 만들고 나서 깨끗하게 치우는 것까지 네가 할 일이야."

라고 덧붙였다. 딸과 나는 태생적으로 기질이 다르다. 나는 될 수 있으면 최대한 움직이지 않고 이론적으로만 알고 있으려고 하는 반면, 딸은 무슨 일이든 궁금한 게 생기면 직접 해봐야 직성이 풀린다.

딸이 또 일거리를 잔뜩 만들어 놓을 게 분명해 확실하게 뒷정리할 것을 단단히 다짐받아냈다.

딸은 신나게 유튜브 동영상을 들여다보며 아일랜드 조리대에서 조심스럽게 반죽을 만들기 시작했다. 그 옆 식탁에 앉아 일을 하면서 딸이 하는 것을 지켜보고 있었다. 문제는 우리 집에 계량 저울이 없다는 것이었다. 내가 빵에는 전혀 관심이 없어서 우리 집에 제빵 관련 도구는 없다. 제빵은 무조건 중량을 정확하게 맞추는 것이 중요하다고 들었다. 딸은 그저 눈대중과 계량컵으로 밀가루와 우유 등을 넣다 보니 반죽이 묽어졌다 되직해졌다의 반복이었다.

옆에서 지켜본 제빵은 기다림의 작업이었다. 버터를 넣더라도 실온에 한참 놔두었다가 넣어야 했다. 반죽을 해서 바로 굽는 게 아니고 1차 숙성, 2차 숙성의 과정을 거쳐야 했다. 딸은 점점 지쳐갔다. 오래 서서 재료를 섞고 반죽을 했다. 성격이 급한 딸은 숙성시킨다고 넣어 둔 반죽을 보기 위해 냉장고 문을 열었다 닫았다 했다. 아직 시나몬롤을 만드는 과정 중 절반 정도밖에 안 온 것 같은데 딸은 돌연 이런 말을 했다.

"난, 빵은 아닌가 봐. 이쪽으로는 정말 못하겠다. 너무 힘들어. 오래 서 있어야 하고, 기다려야 하고 순서도 너무 복잡해. 빵이 왜 비싼 줄 알겠어. 이제 그냥 사 먹을래."

"와, 그래도 진로 체험 하나는 제대로 했네. 제빵 쪽이 적성에 안 맞다는 건 확실히 알았잖아."

나는 웃으며 대답했다. 그래, 진로 체험이 별거겠나. 집에서 이것도 해보고 저것도 해보면서 알아가는 것도 훌륭하지. 엄마의 잔소리에 굴복하고 빵을 만들어 보지 않았다면 제빵이 적성에 맞지 않다는 것을 어떻게 알았을까.

중학교에 입학하면 진로 체험을 위해 자유 학기제를 실시한다. 자유 학년제를 실시하는 학교도 있다. 이번 1학년들은 코로나19의 여파로 학교에 거의 가지 못했다. 당연히 학교에서 야심 차게 준비해 둔 각종 진로 체험이나 프로그램들을 할 수 없어 아쉬웠다.

진로 체험은 하고 싶은 것이 무엇인지, 어떤 일에 소질이 있는지, 무슨 일이 적성에 맞는지 등 진지하게 고민하며 자신의 꿈을 찾아가기 위해 만들어진 제도이다. 역으로 무엇이 맞지 않는지, 어떤 것에 흥미가 생기지 않는지 등을 발견하는 것도 중요하다.

적성에 맞지 않는 일을 찾아냈다는 면에서 딸은 오늘 훌륭한 진로 체험을 했다. 남들은 쉽게 하는 것처럼 보이는 일에도 많은 수고와 정성이 필요하다는 것을, 자신이 흥미를 갖는 일은 조금 다른 쪽이라는 것을 눈치챈 것이다.

반죽의 양이 계획했던 것보다 늘었기 때문에 처치 곤란할 정도로 많은 빵이 나왔다. 문제는 우리 가족 모두 빵을 좋아하지 않는다는 것이었다. 남편과 나는 예의상 한두 개 정도 먹었다. 빵이 너무 딱딱하고 달았다. 정작 그 빵의 창조자인 본인조차도 한두 개 먹고는 그대로 놔두는 것이다. 결국 시나몬롤은 며칠 동안 랩에 쌓인 채 테이블 위에 올려져 있었다.

이제 그만하자, 딸아. 넌 이 길은 아닌가 싶다. 오늘의 진로 체험 끝.

나도 제일 좋은 걸로

한때 '등골 브레이커'라는 말이 유행했다. 중고등학생들이 값비싼 유명 브랜드의 패딩을 입어서 부모의 등골을 뺀다는 말에서 나왔다. 자녀들이 부모에게 비싼 패딩을 사달라고 떼를 쓰고, 부모는 내 자식만 못 입어 기죽을까 봐 무리해서라도 사 입혔다고 한다.

"애가 이제 안 입는다고 내버려 둔 옷을 내가 주워 입어."

중고생 자녀를 둔 엄마들이 흔히 하는 말이었다. 중고생 사이의 유행이 너무 빨라 작년에 산 옷도 올해 안 입는다며 푸념을 했다. 당시에는 아직 딸아이가 유치원에 다니고 있던 때라 확 와닿지는 않는 말이었다.

시간은 흘러 흘러 내 자식이 초등학교 고학년이 됐을 때부터 스마트폰과의 전쟁이 시작되었다. 아직은 스마트폰의 장점보다 단점이 많은 시기라고 생각했기 때문에 쉽게 사줄 수가 없었다. 학년이 올라갈수록 학원이나 친구들과의 약속 등으로 혼자 다녀야 할 일이 많아졌다. 딸과 연락이 안 되면 불안했다. 그 불안을 잠재우기 위해 처음에는 '공신폰(공부의 신 핸드폰)'이라고 해서 인터넷이 안 되는 전화기를 딸에게 쥐여 주었다. 유명한 컨설팅 강사가 아이들의 공부를 방해하는 인터넷이 철벽 차단되어 게임이나 SNS 등의 모든 앱을 다운로드 받지 못하도록 설계한 전화기였다. 딸은 당연히 싫어했지만,

"일반 스마트폰하고 똑같이 생겼다. 음악도 담을 수 있고 사진도 찍을 수 있다."며 설득해서 공신폰을 들고 다니게 했다. 그러다 4학년 때부터는 학교에서 수련회다, 생존 수영강습이다, 체험학습이다 하며 단체 버스를 타고 이동하는 행사가 많아졌다. 그러면서 다른 아이들은 대기하거나 이동 중 버스 안에서 스마트폰으로 각종 영상을 보거나 게임을 한다며 불만을 털어 놓기 시작했다. 게다가 공신폰은 고등학생들 중에서도 이를 악물고 공부하겠다는 아이들이나 쓴다는 이야기를 들었다. 너무 높은 수준의 절제를 요구했나 싶어 결국 5학년이 된 후, 학생폰으로 불리는 보급형 스마트폰을 안겨주었다. 전화기를 놓지 않는 아이를 보며,

'스마트폰을 사기 전에는 전쟁이지만 사고 난 후부터는 지옥을 경험할 것이다.'

라는 학부모 커뮤니티 선배맘의 무시무시한 말이 현실로 다가왔다. 부모의 핸드폰으로 자녀의 사용할 수 있는 시간을 컨트롤할 때는 그나마 괜찮았지만 점점 그것도 불가능해지기 시작했다. 시간을 설정해 놓고 자물쇠로 잠그면 망치로 부수지 않는 한 핸드폰을 꺼낼 수 없는 핸드폰 금고라는 것도 사용해 보았다.

그러다 딸은 점점 더 좋은 핸드폰을 갖고 싶어 안달했다. 요

즘 아이들에게 등골 브레이커는 유명 브랜드의 패딩이 아니라 '아이폰'이었다. 일명 '사과폰'. 당시만 해도 아직은 국내산 스마트폰보다 비쌌다. 소수의 아이들이 아이폰을 가지고 있었고, 먼저 가진 아이들을 보며 갖고 싶어 하는 아이들이 생겼다. "엄마도 아이폰 안 쓰는데."라는 먹히지도 않을 말로 저지해 보려고도 했다. 아이의 갈망은 너무나 컸다. 왜 그렇게 비싼 패딩을 사줄 수밖에 없었는지 이해가 되기 시작했다.

아이폰 이후에는 '에어팟'을 갖고 싶어 하기 마련이다. 에어팟은 애플사에서 만든 줄이 없는 이어폰이다. 특별히 딸아이가 에어팟을 사달라고 조르지는 않았다. 적어도 내 기억에는. 아니, 딸아이는 조를 필요가 없었을 것이다. 그것을 갖고 싶다는 단순한 마음이 갈망으로 바뀌기 전에 '얼리 어답터'인 그녀의 아버지가 이미 생일 선물로 준비해 두었기 때문이다.

나도 없는 아이폰을, 나도 없는 에어팟을, 딸은 먼저 가졌다. 그런데도 그녀는 자기가 생각해 둔 최신 에어팟이 아닌 걸 알고 실망하는 기색이 역력했다. 딸아이의 반응은 무시했지만 이것이 '신종' 등골 브레이커가 아니고 뭐란 말인가. 게다가 사고 싶어 애가 닳은 것도 아닌데 덥석 사주는 남편의 심리는 또 무엇인지. 분명히 본인도 그 작은 '콩나물'이 궁금했을 것이다.

시간이 흐른 후 내가 집안일을 할 때마다 노래를 크게 틀어 놓는 것이 거슬리기 시작한 남편과 딸아이는 내게 이어폰 사용을 강력하게 권했다. 나는 원래 이어폰을 잘 사용하지 않는다. 귀도 아프고 줄이 자꾸 걸려 불편하기 때문이다. 더구나 잦은 이어폰 사용은 청력에 나쁜 영향을 준다고 하니 더욱 사용하기를 꺼렸다. 그러다 문득 이런 생각이 들었다.

'나라고 좋은 이어폰 못 살 거 있어? 그렇게 원한다면 최신상을 사주겠어.'

속전속결. 설 연휴였지만 에어팟을 파는 매장에 가서 최신상 '에어팟 프로'를 사 들고 왔다. 노이즈 캔슬링 기능이 있다는 그것 말이다.

노이즈 캔슬링의 기능을 갖춘 무선 이어폰은 놀랍게도 주변의 소리를 막아주었다. 바로 내 옆에서 윙윙 덜그럭거리는 얼음 정수기의 소음도, 남편이 튕기고 있는 기타의 소리도 모조리 차단되었다.

'놀라운 기술이군.'

이제 이 무선 이어폰만 귀에 꽂으면 그곳이 어디든 나만의 세상이 되었다. 길거리에서도 집안에서도.

이 무선 이어폰의 가치는 주방에서 가스레인지 후드를 켰을 때 극에 달했다. 전엔 가스레인지 후드 소리가 너무 커서 잘 사용하지 않았다. 가스레인지를 켤 때 유해 물질이 나와 몸에 안 좋다는 것은 잘 알고 있지만 후드를 작동시킬 때 나는 큰 소리는 내 정신에 유해하기 때문이었다. 후드를 켜면 혼을 쏙 빼가는 소리에 내가 무엇을 하고 있는지도 모를 정도였다. 가슴에까지 진동이 전해져 신경이 삐죽삐죽 곤두섰다. 가스레인지 후드를 끄고 나면 소음에서 해방되어 안도감마저 느끼게 된다. 하루는 어쩌다 보니 그 무선 이어폰을 낀 채로 후드를 돌린 적이 있었다. 세상에! 그렇게 시끄럽던 후드의 소음이 거의 완벽하게 차단되었다. 너무 놀라 귀에서 이어폰을 빼 보았다. 빼자마자 미친 듯이 돌아가던 후드의 소음. 이어폰을 다시 꽂으니 찾아오는 갑작스러운 고요함. 만족을 넘어선 감동이 밀려왔다. 이것은 바로 나를 위한 제품인 것이다. 내 폐도 지키고 집안일도 즐겁게 할 수 있는 과학 기술의 발전이 그렇게 반가울 수 없었다.

늘 최신 기기 앞에서는 한발 물러서 있었다. 핸드폰을 고를 때도 통화되고 인터넷만 되면 오케이, 요금제도 기본이면 됐다(하지만 늘 무슨 무슨 약정이라는 것 때문에 무제한으로 계약해야 했다). 각종 최신 기기들에는 원래도 관심 없었지만, 굳이 가지려고 하지 않았다. 그러다 보니 자연스레 나는 그런 것에 관심 없고 높은 사양의 전자기기는 필요 없는 사람이 되어 버린 것 같았다. 하지만 이제는 아니다. 여러 기능을 갖춘 최신 기종을 나도 욕심내어 보련다. 얘야, 어머니는 짜장면을 싫어하는 게 아니었단다.

금쪽이에게 건네는 사과의 커피

그날 아침은 내가 생각해도 아슬아슬했다. 며칠째 주방에 전혀 손대지 않고 있었다. 식탁 위에 쌓인 책, 노트며 싱크대 위에 주르륵 줄지어 있는 텀블러들, 각종 잡동사니들. 하나같이 제자리에 놓여있지 않고 너저분하게 어질러져 있었다. 주방만 그런 것이 아니라 거실의 소파 주변도 마찬가지였다. 뭔가를 올려놓을 수 있을 만한 편평한 곳에는 어김없이 책이 몇 권씩 쌓여있고 노트북, 머리 끈, 커피를 마시고 난 빈 컵들, 각종 종이 뭉치들이 올려져 있어서 어수선했다. 아침에 일어나 거실로 나와 슥 훑어보는데 '아, 이건 좀 심한데? 좀 치워야겠네.'라는 생각이 절로 들었다.

"이 책은 며칠 전부터 여기 있던데 아직도 여기 있네, 머리 끈이랑 볼펜 좀 돌아다니게 하지 말고 한 자리에 놓으면 안 되나?"

"어, 그거 오늘 치울 건데. 놔둬 봐. 오늘 치울 거야."

"이 노트북하고 종이하고 이렇게 온 집안에 다 펼쳐 놓으면 어떡하는데. 자꾸 니 물건이 밖으로 나와서 다 어질러져 있잖아. 그럴 거면 방이 따로 왜 필요한데."

딸의 아침밥으로 밥알을 뭉쳐 초밥 크기만큼 만들어서 베이컨으로 돌돌 말아 에어프라이어에 넣고 있는데, 아니나 다를까 남편이 잔소리를 하면서 치우기 시작했다.

'치워주는 건 고마운데 잔소리만은 안 했으면 좋겠다.'

라며 마음속으로만 소심하게 반항했다. 아침에 딸아이 등교시킬 준비를 하며 나는 알겠다, 알겠다, 치우려고 했다는 소리만 반복했다. 남편은 평소 정리 정돈이나 분리수거를 아주 깔끔하게 한다. 주방 옆 팬트리를 자신의 방으로 만든 남편은 한 달에도 몇 번씩 물건들을 넣었다 뺐다 하면서 정리를 한다. 주말이면 '오늘은 별거 없으면 청소나 하자.' 같은 말을 달고 사는 남편은 집 상태가 선을 넘었다 싶은 날이면 잔소리를 한다. 바로 그날이었다. 당연히 언짢은 기분으로 등교와 출근을 시키고 슬슬 치우기 시작했다. 이럴 때는 완벽하게 치우지는 않는다. 정식으로 시간을 내서 치울 심산이다. 저질 체력인 나는 뭔가를 한 번에 뚝딱해내는 게 힘들다. 어릴 땐 혼자 목욕탕에 가서 때 미는 게 힘들어 몸의 반쪽만 밀고 온 적도 있었다. 그 얘기를 들은 언니는 아연실색했지만.

요즘 인기리에 방영되고 있는 〈금쪽같은 내 새끼〉라는 프로그램을 아는지. 자녀와 해결하기 힘든 문제를 겪고 있는 보호자에게 오은영 박사님이 해결책을 제시하는 프로그램이다. 이 방송에서는 문제 행동을 하는 자녀를 '금쪽이'라고 부른다. 문제 행동을 해도 '금쪽같은 내 새끼'임에는 틀림없기 때문이다.

'네가 이런 행동을 해서 내가 너무 힘들지만 너를 사랑하는 것은 원초적이고 절대적인 것이기에 의심하지 말아라.'

하는 의미가 담긴 것이 아닐까.

그런 부모의 사랑과는 별개로 내 안에도 금쪽이가 산다. 정리를 못 하는 금쪽이. 나는 정말 정리가 힘들다. 각기 다른 쓰임새의 물건들이 널려 있으면 그냥 못 본 척하고 싶어진다. 모든 물건이 원래 있던 장소에, 혹은 있어야 할 장소에 보내면 되는데 그냥 생각이 하기 싫어진다. 결정적으로 나는 별로 불편하지가 않다. 다른 곳에 있어야 할 무언가가 며칠 동안 식탁 위에 있어도 딱히 거슬리지 않는다. 하지만 처음 한두 개였던 것이 점점 모이게 되면 '어? 안 치우면 위험하겠는 걸.'하는 마음이 들 때가 있다. 내가 봐도 정신 사납다고 느껴질 때가 온다. 그럴 때 정리하는 걸 좋아하는 남편이 치우면서 참다못해 한마디 하기 시작한다. 한마디가 시작되면 점점 더 구체적인 잔소리로 이어지기 때문에 나는 얼른 수긍하고 재빠르게 치우는 몸짓을 취한다. 빨리 빠져나가기 위해서다.

내가 살림을 못하고 싫어하는 이유 중 하나가 아마도 정리 정돈이 힘들기 때문이지 않을까 하는 합리적인 의심을 해본다. 살림살이의 정리 정돈은 고도의 사고 능력이 필요한 작업이다. 크기와 쓰임새가 제각각인 물건들을 일정한 기준에 맞춰 정한 장소에 두어야 한다. 수납공간이 아직 여유가 있을 때는 그나마 괜찮다. 어떻게든 그곳에 넣으면 되니까. 문제는 공간이 부족한데 물건은 자꾸 생기고 그것들을 쑤셔 넣다시피 해야 할 때다. 크기와 모양이 다른 물건들을 최대한 죽어버리는 공간이 생기지 않도록 '테트리스' 하듯이 머리를 써야 한다. 남편은 캠핑 갈 때도 그 많은 짐을 딸아이의 자리를 침범하지 않고 승용차 트렁크에 다 실어 다닐 정도로 테트리스를 잘했다. 하지만 그 물건을 실제로 사용하는 사람의 편의는 생각하지 않을 때가 있다. 그저 각 맞춰 잘 넣고 문이 닫히면 만족하는 타입이다. 남편이 정리한 후 내가 쓰려고 하면 깊은 구석에서 자주 쓰는 물건을 꺼내야 하는 경우도 생긴다. 내가 주로 쓰는 물건들이니 내가 직접 정리해야 하는 게 맞는데 그게 힘드니 살림이 힘들 수밖에. 살림의 50% 이상은 정리 정돈이니까.

대부분의 청소, 빨래, 설거지 등은 기계가 다 한다. 기계 사용 전후의 정리 정돈은 사람이 해야 한다. 청소기를 밀기 전 바닥에 나뒹구는 큰 물건들은 제자리에 놔두고 빨래는 분류, 먼지망 청소를 하고 돌려야 하며 식기 세척기 작동이 끝나면 그릇을 종류별로 수납장에 차곡차곡 정리해 넣어야 다음 설거지가 미루어지지 않는다. 일련의 작업들이 물 흐르듯이 부드럽게 흘러간다면 얼마나 좋을까. 기초 체력 제로인 나는 한 가지 일을 끝내고 쉬다가 다음 작업은 미루고 계속 쉬게 된다.

아무리 나의 취약점을 내가 잘 안다고 해도 아침부터 잔소리 들으면 기분은 상한다. '그래, 요즘 계속 외출할 일이 많아서 집안일에 소홀하긴 했지.' 하는 반성도 하게 되지만 괜히 쭈글해진다. 그날, 대충 눈에 거슬리지 않을 정도로 치우고 나서 또 소파에 앉아 쉬고 있었다. 그때 남편으로부터 전화가 왔다. 딸아이를 학교에 데려다주고 집에 잠깐 들를 일이 있다고 한 날이었다.

"뭐하노?"

"뭐하기는, 치우고 있지."

"커피 한 잔 뽑아갈까?"

"그러든지. 아아(아이스 아메리카노)로."

"알겠다."

전화를 끊고 나니 피식 웃음이 났다. 이 부산 남자가 아침의 일이 마음에 걸렸던 것이다. 저렇게 커피 한 잔 뽑아다 준다는 말로 미안했다는 표현을 하는 것이라고 이제는 알아차린다. 비록 민망함에 퉁명스럽고 쭈뼛거리는 말투지만 20년 넘게 살다 보면 다 알게 된다. 그럴 땐 나도 그냥 모르는 척 받아준다.

'미안하기는 미안한가 보네. 훙.'

아침부터 사과의 아아를 마시며 내 안의 금쪽이를 생각해 봤다.

'너 도저히 어떻게 안 되겠니? 우리 이제부터 바로바로 치워볼까?'

언제나 다짐은 해본다. 한편으로는 지저분한 꼴을 절대로 못 보고 재깍재깍 치워버리게 되어서 내 금쪽이가 사라져 버리는 것도 조금은 아쉬울 것 같다. 훗.

식탁 밑 내 밥친구

나는 '혼밥'에 익숙하다. 아니, 좋아한다. '혼밥'이라는 말이 유행하기 전부터 혼자 밥 먹으러 다니곤했다. 20대 때부터 퇴근하고 일본어 학원을 가기 전이나 후에는 혼밥을 했다. 새로 생긴 식당이 궁금한데 서로 바빠서 시간 맞추기 힘들 때는 혼자서라도 먹고 와야 했다.

그때는 혼밥 '쪼렙'이라 혼자서 밥을 먹게 될수록 제대로 된 곳에서 먹어야겠다는 생각이 들었다. '아웃백'이라는 패밀리 레스토랑에서도 혼밥했다.

"몇 분이세요?"

"한 명이요."

"네?"

안내 직원은 필요 이상으로 놀라며 나를 테이블 서버에게 넘겼다. 다시 한번 똑같은 질문이 오갔다.

"몇 분이세요?"

"혼자예요."

인계받은 직원은 내가 민망할 정도로 당황해하더니 최대한 조용한 자리로 모시겠다고 했다. 뭐 그럴 필요는 없었는데 말이다. 그렇게 내가 앉은 곳의 옆 테이블에서는 생일 파티를 성대하게 하더라는. 무슨 상관이랴. 나는 '투움바 파스타'에 맥주를 곁들여 책과 함께 유유히 나만의 시간을 보냈다. 그게 벌써

16년 전쯤.

딸아이를 임신했을 때도 나의 혼밥 기행은 계속 이어졌다. 집에 먹을만한 게 하나도 없어서 난감했다. 빈속일 때 입덧이 심해지기 때문에 뭐라도 먹어야 했다. 과일을 좋아하지 않는 내가 또 라면을 끓여 먹어야 하나 어쩌나 고민하고 있었다. 순간 집 앞 고깃집의 점심 메뉴가 생각났다. 나는 곧바로 무거운 배를 이끌고 가서 된장찌개를 시켜 먹으며 공깃밥 두 개를 해치웠다. 그때부터 나는 공깃밥 두 개를 거뜬히 해치우는 여성이 되었다.

나는 혼밥뿐만 아니라 혼커피, 혼영화, 혼공연도 즐겼다. 친구와 카페에서 수다 떠는 시간도 소중하지만 혼자 조용히 커피 마시며 책을 읽는 시간은 나에게 온전한 휴식을 준다. 좋아하는 카페에 책을 들고 가서 읽기도 하고 작업을 하기도 한다. 집에서는 TV가 “나 왜 안 봐? 넌 나 안 보고 싶어? 어제 제대로 못 봤잖아. 넷플릭스에 떴을걸. 난 네가 날 보는 멍한 얼굴이 너무 보고 싶어.”라며 유혹해댄다. 침대는 “나에게로 와서 누워. 나 엄청 포근해. 인생 뭐 있어? 배고프면 먹고 피곤하면 자는 거지. 어서 이리로 와.”라며 끊임없이 수면 향기를 뿜어댄다. 빙글빙글 돌아 제자리로 되돌아오는 거대한 관람차처럼 매번 해도 해도 또 돌아오는 수업 준비나 한 번씩 내 손으로는 절대로 고를 일 없는 분야의 독서 모임용 벽돌책도 읽어야 한다. 쓰고 있는 글도 마감을 놓쳐 서둘러 마무리해야 하고 아무런 목적 없이 그저 내가 읽고 싶은 책도 읽어야 한다. 집에 있으면 이런 모든 일들은 '내일의 내가 어떻게든 해결하겠지.'라는 심정으로 드러누워 버린다. 손에 잡히지 않아 잔뜩 게으름 피워 놓은 일들이 카페에서는 술술 풀린다. 일단 카페에서는 누울 수도 없고 TV도 마음대로 볼 수 없다. 핸드폰만 들여다보고 있기에는 배터리가 줄어드는 것이 불안하다. 일한다고 무겁게 챙겨 짊어지고 왔는데 더 이상 놀 수는 없다는 마음가짐도 조금은 생기기 때문일 것이다. 혼자 카페에서 일을 할 때는 조금 편한 의자에 시끄럽지 않은 음악과 진한 커피 한 잔이면 충분하다. 너무 작은 카페는 피한다. 카공족처럼 오래 있지는 않지만 뭔가 테이블 가득 펼쳐 놓은 것을 카페 사장님이 본다면 심기가 불편해질 것 같아서다. 적당히 큰 규모지만 붐비지 않아 구석 자리에 2시간 정도 방해받지 않고 조용히 앉아 있을 수 있는 곳이라면 작업의 효율이 커진다. 다만 모든 조건을 갖춘 카페를 찾는 데 시간이 필요하다. 물론 허브티 한 잔 정도가 더 필요할 때도 있지만 거기서 읽던 책의 끝을 보고 책장을 덮는 날은 왠지 더 뿌듯하다. 혼커피는 사랑이다.

내가 좋아하는 배우가 마이너적인 영화를 찍었을 때는 누군가에게 억지로 같이 가자고 권하지 않는다. 장르에 대한 호불호가 명확히 나뉠 것이고 영화에 대한 평은 곧 내 배우에 대한 평일 것 같아서 불호의 의견을 들으면 마음이 불편할 것이 뻔하기 때문이다. 그런 영화는 대부분 관객이 없다. 평일 오전 영화관에 3~5명인 경우도 있었다. 그럴 때는 큰 화면을 나 혼자 독차지하는 기분이 꽤 괜찮았다. 만 원 남짓 되는 돈으로 내 배우를 독차지하는 호사스러운 기분. 혼영화의 묘미다. 물론 영화나 내 배우의 연기에 대한 이야기를 나누고픈 실존하는 덕메(덕질메이트)가 절실할 때도 있다. 널리 널리 알리고 싶지만 또 나만 알고 싶은 이 양가적인 마음. 혼영화에서는 느낄 수 있다.

학교 다닐 때부터 성악가 조수미의 CD를 달고 살았다. 이상하게도 나는 악기가 내는 소리보다 사람이 내는 소리가 더 좋았다. 바이올린이나 피아노 소리는 거슬리지만 성악은 괜찮았다. 처음에는 마리아 칼라스의 오페라 아리아에 빠져 테이프가 늘어지도록 듣고 다녔다. 그러다가 국내외 여러 성악가의 노래로 확장되면서 조수미의 노래도 듣게 되었다. 그 당시에 조수미는 이미 너무나 세계적으로 유명한 오페라 가수이며 몇 년간의 스케줄이 빽빽하게 잡혀 전 세계를 돌며 공연하고 있었다. 마리아 칼라스나 외국 오페라 가수들의 아리아만 듣다가 한국인 오페라 가수의 노래를 들으니 그 정서가 와 닿아서일까 내적 친밀감이 생겼다. 그중 조수미가 부른 〈기차는 8시에 떠나네〉라는 노래를 너무나 좋아했다. 어느 날 탔던 택시 기사님이 그 노래를 듣고 있었다. 라디오가 아닌, 내가 가지고 있던 그 CD를 틀어놓고 있었다. 내 마음은 두근거렸지만 내색하지 않았다. 기사님의 우락부락한 외모와는 달리 섬세한 감성에 찬사를 보내며 조용히 음미했던 적이 있다.

그런 대성악가 조수미가 내가 사는 곳에 공연을 온다고 했다. 그녀는 거의 해외에서만 있었기 때문에 이번 기회를 놓치면 나는 영영 못 볼 것 같았다.

"오빠야, 시민회관에 조수미 공연 온다고 하는데, 갈래?"

"내가 거기 가서 뭐 해. 아는 노래도 없는데. 분명히 잘 텐데."

"…맞제? 특별히 꼭 가고 싶거나 그런 건 아니제? 그럼 나 혼자 간다."

"응, 그러든지. 근데 그날 내가 못 데려다주는데 괜찮겠나?"

"당연하지, 내가 애도 아니고."

남편은 시큰둥했다. 순간 빠른 계산이 지나갔다. 일단 공연은 비싸다. 남편은 그 시간을 못 견딜 것 같다. 어차피 공연은 혼자 보는 것이다. 그럼 굳이 비싼 돈을 내고 싫다는 사람을 견디게 할 필요가 있나? 그럴 필요는 없다. 공연은 나 혼자 보는 걸로 결정했다.

부산 사람이면 시민회관이 어디 있는지는 알지만 혼자 대중교통을 이용해 가보는 것은 처음이었다. 그래도 클래식 공연이니까 옷도 나름 러블리한 프릴이 달린 베이지색 블라우스와 나풀거리는 검정 스커트에 구두를 신었다. 많은 시간이 흘렀는데도 그날 입은 옷을 기억하는 내가 초능력자일까, 그날의 설렘이 내 기억을 조작한 걸까. 아무튼 지하철 승강장 틈에 발이 빠지지 않도록 조심히 내려서 시민회관을 찾아갔다. 자동차로 다닐 때는 길이 쉬워 보였는데 사실은 조금 헤맸다. 과연 세계적인 성악가 조수미의 공연답게 시민회관 앞은 사람들로 가득했다. 혼자 공연장을 가는 내 모습에 취해 여름 저녁의 끈적한 바람도 불쾌하게 느껴지지 않았다. 약간의 어리바리함과 기대감으로 공연 팸플릿을 받아 들고 자리에 앉았다. 비록 2층이었지만 조수미의 공연을 볼 수 있다는 것만으로도 감사했다. 귀로 듣기만 하며 상상했던 것보다 훨씬 아름답고 가슴 뛰는 공연이었다. 오롯이 혼자 그녀의 미세한 숨소리, 눈빛, 몸짓에도 집중할 수 있었다. 세계적인 아티스트가 될 수 있는 것에는 역시 그럴만한 이유가 있었다. 실력은 물론이고 무대와 관객을 대하는 태도와 배려에 이미 팬이었지만 한 번 더 팬이 된 날이었다.

밥이나 술을 먹고 마신다든지, 영화나 공연을 관람하는 것은 분명히 누군가와 함께할 때 즐거움이 배가 되는 게 분명하다. 하지만 혼자 할 때만의 매력 또한 무시할 수 없다. 그 매력에 빠져서 자꾸 혼자 밥을 먹고 영화를 보러 다니게 되었다. 그러다 보니 그 편함에 익숙해져 딱히 시간을 맞출 수 없는 상황에서 굳이 누군가를 찾지 않게 되었다. 안 되면 나 혼자 하지 뭐. 앞으로의 목표는 혼여. 혼자 여행해 보는 것이다. 혼여는 아직은 조금 겁이 나지만 천천히 준비해 봐야겠다.

특별한 약속이 없으면 당연히 집에서 혼밥이다. 냉장고를 열거나 식량창고를 뒤져 적당히 먹을 만한 것을 찾는다든지 배달시킨다. 혼자 식탁에 주섬주섬 늘어놓고 TV를 켠다. BGM으로 적당한 프로그램을 찾아 틀어놓고 혼밥을 즐겨 왔다. 그렇게 여유로운 혼밥의 시간을 즐기던 내게 어느 날 새로운 밥 친구가 생겼다.

예전에 혼자서 동동거리며 살림하고 애들 키우는 가정주부에게 고양이 도우미가 찾아온다는 동화책을 읽었다. 딸아이의 책이었지만 이 책을 읽고 정작 깊은 공감과 위로를 받은 사람은 딸이 아니라 나였다. 가장 좋아하는 동화책이 뭐냐는 질문에 별 고민 없이 『고양이 도우미』를 꼽을 정도다. 동화 속의 엄마는 하루 종일 바쁘다. 애들 챙기랴, 밥하고 빨래하고 청소한다고 정신이 없다. 그런 엄마에게 고양이 도우미가 찾아온다. 도와주겠다며 찾아왔지만 정작 할 줄 아는 게 하나도 없다. 오히려 점점 요구 사항만 늘어날 뿐이었다. 하지만 엄마는 혼자 대충 먹던 점심을 고양이와 함께하게 되면서 외로움을 덜게 되고 둘은 더욱 끈끈해진다는 이야기였다. 엄마는 혼자 육아와 살림을 하며 몸도 마음도 많이 지쳐 있었던 것이 분명했다. 가족들은 그 마음을 알아주지 않았지만, 고양이는 알아주었다. 말이라도 예쁘고 따뜻하게 건네주었다. 아무것도 못하는 고양이는 그저 집안일을 하는 엄마 옆에서 해낙낙하게 웃어주는 것만으로도 제 할 일을 다 한 것이다.

이때부터였을까. 막연하게 언젠가 반려동물을 키우게 된다면 고양이를 키우고 싶다고 생각한 게. 그 막연했던 언젠가가 찾아왔다. 아주 예쁘고 잘생긴 고양이를 키우게 되었다.

우리 가족은 새로운 가족을 받아들이는 데 의견이 조금씩 달랐다. 딸은 어릴 때부터 동물을 키우고 싶어 했다. 남편과 나는 너무 많은 책임과 희생이 필요하다며 계속 반대해 왔다.

어느 날, 내가 좋아하는 가수가 자신의 반려견이 무지개다리를 건넌 후 만들었다는 노래를 들었다. 사전 지식이 전혀 없는 채로 처음 들었을 때는 사랑하는 사람을 잃은 슬픔을 노래하는 줄로만 알았다. 동물을 키운다는 것이 도대체 어떤 감정이길래 이렇게 절절하고 안타까운 노래를 만들게 된 것일까. 아름다운 노래임에는 틀림 없지만 동물과 애틋해 본 적이 없던 그때의 나에게는 온전히 와닿지 않았다. 나중에 SNS를 통해 랜선 고양이 집사들을 접하면서 '고양이를 키운다는 것이 어떤 행복을 주길래 저렇게도 다들 행복해하는 걸까. 반려동물을 키울 때 온다는 그 행복을 나만 모르고 살고 있나?' 하는 생각이 들었다. 아이도 일일이 내 손이 가지 않을 정도로 자랐겠다, 만약에 동물을 키운다면 고양이 한 마리 정도는 내가 케어할 수 있을 것 같은 자신감이 생겼다. 그때부터 '만약에 우리가 동물을 키운다면…'이라는 이야기를 자주 하기 시작했다. 이런 변화에 남편은 놀라워했고 딸은 바람 넣지 말라며 믿지 않았다.

반려동물을 처음 키우는 우리 가정에 마음의 상처를 많이 받았을 유기 동물을 덜컥 데려오기도 겁이 났다. 그 동물의 평생을 책임져야 하기 때문에 아이를 입양하는 것과 똑같다고 생각했다. 한번 데리고 온 동물은 가족으로 여기고 평생을 예뻐하며 돌보아야 한다. 그러므로 어느 누구도 불만을 가지면 안 된다고 생각했다. 그야말로 끝까지 함께한다는 각오가 필요했기 때문에 신중하게 생각하기로 했다.

때마침 지인의 고양이가 새끼를 낳았다며 키워보겠냐고 고양이 사진을 보내주었다. 사진 속에는 갓 태어난 노란 '치즈냥'이 눈도 못 뜨고 엄마 품에 있었다. 나는 그 고양이도 좋다며 데리고 오자고 했다. 그런데 남편은 그때까지도 고양이보다는 강아지를 키우고 싶어 했고 딸은 평소 꿈에 그리던 품종의 고양이를 데려오고 싶어 했다. 그러다 우리가 적극적으로 움직이기 시작한 것은 남편의 지인이 보내온 사진 한 장의 나비효과였다. 딸이 원한 품종의 고양이는 강아지처럼 사람을 잘 따른다는 일명 '개냥이'로 유명하다고 했다. 또한 낮은 곳을 좋아하고 움직이는 것을 싫어한다는 점이 좋았다. 모두의 조건을 만족시키는 고양이였다. 검색한 후 우리가 사는 지역의 유기묘 보호 센터에 딸이 원하는 품종의 고양이가 보호되고 있다는 소식을 접하고 전화를 해봤지만 이미 입양 예약이 끝났다고 했다. 남편은 과연 동물을 데리고 와서 자식처럼 여기며 제대로 잘 키울 수 있을까 하는 고민에 잠을 설쳤다고 했다. 그렇게 고민을 끝낸 남편은 반차까지 내고 다른 지역의 믿을 만한 브리더에게 우리를 데려갔다. 그곳에 발을 내딛자마자 처음부터 우리에게 다가와 끝까지 우리의 발밑을 떠나지 않던 사랑스러운 고양이를 운명처럼 만났다. 가슴으로 낳아 지갑으로 키운다는 고양이를 입양하고야 말았다.

그리고 지금, 내가 집에서 혼밥을 할 때 훌륭한 밥친구로 있어 준다. 물론 상차림을 도와주지는 않는다. 내 밥을 챙기기 위해 주방에서 달그락거리면 파란 눈을 동그랗게 뜨고 갈색 귀를 쫑긋 세운 채 식탁 밑에서 나를 향해 갈구한다.

"나도 밥 먹고 싶어냥."

딸아이가 아기였을 때 만들던 이유식보다 더 정성을 다해 이것저것 섞어 최고로 맛있는 밥을 만들어준다(물론 만족할지는 모르겠다). 내가 밥을 먹을 때 이 친구도 함께 밥을 먹는다. 딱히 대화를 주고받는 것은 아니지만 묘한 동지애를 느낀다. 나는 식탁에서, 이 친구는 자신의 식사 자리에서 각자 밥을 먹지만 완전한 혼밥은 아니다. 한 공간 안에서 각자의 자유를 즐기며 서로에게 신경을 쓰는 듯 쓰지 않는 식사 시간이다. 밥을 같이 먹는 사이는 각별하다. 우리는 함께하는 소중한 시간 속에서 적당한 외로움과 적당한 자유로움을 공유한다.

고양이의 사생활

고양이는 탐험을 좋아한다. 꼬리를 낮게 내리고 몸을 낮춰 수색하듯 구석구석을 누빈다. 고양이는 호기심이 많다. 집 안의 모든 문이 열리기를 기다린다. 문이 조금이라도 열리면 그 틈으로 작은 머리를 들이밀어 문 너머로 들어가고야 만다. 여유롭게 수색을 마치고 나면 다시 슬금슬금 제자리로 돌아온다. 내가 몇 달간 관찰한 고양이는 그렇다.

호기심 많고 탐험을 좋아하는 우리 집 고양이가 가장 좋아하는 장소는 바로 식탁 의자 밑이다. 고양이가 어디 있는지 찾을 때 십중팔구는 주방 가까운 쪽의 식탁 의자 세 개 중 가장 오른쪽 의자 밑에서 자고 있다.

처음 새 식탁을 고를 때 고양이는 우리 머릿속에 있지도 않았다. 그래서 패브릭 커버 식탁 의자를 선택하는 데 거리낌이 없었다. 고양이 발톱에 어떻게 뜯겨 나갈지는 생각도 못 했다. 고양이 털이 하얗게 가득 붙게 될 거라는 염려도 전혀 없었다. 왜냐하면 우리에게는 고양이가 없었기 때문이다. 걱정이라고 해 봤자 고작 더러워지면 물세탁이 될까 정도였다.

고양이가 식탁 밑에 자리 차지하고부터 우리 집 주방의 풍경은 많이 바뀌었다. 고양이가 누워있을까 봐 의자를 항상 조심히 빼고 넣었다. 식탁 위에 물건을 내려놓을 때도 밑에서 자고 있을 고양이가 놀라지 않도록 조심스럽게 올려놓았다. 고양이가 의자를 중간 점프대로 이용해 식탁 위로 올라 오지 못하도록 의자는 항상 식탁 안쪽으로 깊숙이 넣어 두었다. 언젠가 고양이가 더 크게 되면 의자를 이용하지 않고 한 번에 식탁 위까지 점프해 올라갈 수도 있겠지만 말이다.

가끔 고양이가 전기레인지를 켜서 주방에 화재를 일으킨다는 뉴스를 볼 때도 있었지만 그땐 우리와는 전혀 상관없는 다른 세계의 이야기였다. "세상에, 저런 일도 다 있네. 고양이 발이 사람 손 같아서 버튼이 인식되나 봐. 우리 집에는 고양이가 없어서 다행이네."라며 웃고 넘겼다. 지금 우리 집의 전기레인지 위 전원 버튼 위에는 다 쓴 물티슈에서 뜯어낸 뚜껑이 덮여 있다. 모양은 빠지지만 그 뚜껑을 열어서 전원을 켜고 전기레인지를 다 쓴 후에는 뚜껑을 닫아둔다. 고양이가 솜뭉치 발로 그 뚜껑을 열지 않는 한은 안심이다. 요즘에는 그것도 불안해서 멀리 외출할 때는 아예 전기를 차단해 놓는다.

내가 주방에 서서 달그락거리면 우리 집 고양이는 언제나 내 발밑에서 어슬렁거린다. 딱딱한 과자 같은 사료를 먹는 이 아이는 내가 자신의 밥을 만들고 있는 줄 알고 두 다리로 근처 휴지통을 잡고 몸을 쭉 일으켜 세워서 유심히 볼 때도 많다. 고양이에게 중요한 음수량을 늘리기 위해서라든지 약을 섞어 먹여야 할 일이 있을 때 나는 고양이 밥을 정성껏 만든다. 물론 시판 캔이나 파우치를 쓰지만 나름 영양을 생각해 닭가슴살을 찢어 넣기도 하고 동결 건조한 명태 트릿을 잘게 부수어 넣어 식감을 살려주기도 한다. 만드는 시간이 길어질수록 조바심에 몸을 쭉 뻗지만 나와 동시에 밥을 먹게 하기 위해 이미 다 만들어 둔 고양이 식사를 일부러 바로 주지 않을 때가 있다. 그럴 때면 나라 잃은 표정으로 나를 한 번, 밥그릇이 놓여 있는 아일랜드 식탁을 한 번 번갈아보며 갸우뚱거린다. 그 모습이 또 얼마나 사랑스러운지.

열을 가하는 기구인 전기레인지 밑에 오븐이 있고 그 아래 프라이팬을 정리해 두는 서랍이 있다. 그 서랍 밑으로 바닥에서 올려다보면 작은 틈이 있나 보다. 우리 집 고양이는 바닥에 배를 깔고 옆으로 누워 그 틈새로 솜방망이 같은 손을 넣으려고 애쓴다. 그러면 프라이팬이나 웍들끼리 부딪혀 칭칭 소리를 낸다. 내가 안방에서 누워있어도 우리 고양이가 무엇을 하고 있는지 알 수 있는 부분이다. 싱크대 하부장이나 식기 세척기의 문을 활짝 열어 넣으면 안으로 들어가려고 몸을 움찔움찔거리며 시동을 건다. 그럴 땐 재빨리 문을 닫아 안정을 찾게 한다.

그런 우리 집 고양이가 아직도 자신의 손에 넣지 못한 장소가 있다. 주방과 연결되는 다용도실이다. 그곳에는 세탁기와 건조기, 세탁물들, 여유분의 세제들과 상온 보관용 식품들이 있다. 그곳은 우리 집의 분리 수거장이기도 하다. 다용도실은 보조 주방으로 사용할 수 있도록 개수대와 수납장이 짜여 있다. 고양이가 한 번은 살짝 문이 열린 틈을 타 다용도실 잠입에 성공했다. 그리고는 곧장 수납장 밑으로 들어가 버린 후 버티고 나오지 않는 것이었다. 다시 데리고 나오는 데 진땀을 뺀 이후부터는 절대로 다용도실로 못 들어가게 막고 있다. 내가 주방에서 왔다 갔다 하면 다용도실 문이 열리는 줄 알고 그 앞에 엎드려 문이 열리기만을 기다리고 있다. 한 번씩 문을 긁기도 한다. 열어달라고 시위를 하는 건지 열려고 애를 쓰는 건지 모를 일이다.

고양이라는 작은 생명체가 우리 집의 모든 생활 양식을 바꾸어 놓고 있다. 느슨해 보이지만 깐깐한 나만의 선을 이 작은 생명체는 끊임없이 넘고 있다. 나는 그저 속수무책이다. 고양이는 딱히 원하지 않는데도 밤에는 안방 문을 살짝 열어 놓고 잔다. 혹시나 새벽에 들어올까 싶어서이다. 털이 휘날리고 전용 화장실의 모래로 복도가 사막화가 되어가도 예쁘기만 하다. 깔끔한 인테리어를 꿈꾸던 우리 집은 다시 아기를 키우는 집처럼 변해 버렸다. 알록달록한 고양이 장난감에 각종 육묘

용품들로 거실과 복도가 어지럽다. 차갑고 시크한 전기레인지 위의 버튼을 끔찍한 플라스틱 물티슈 뚜껑으로 덮어놓아도, 발로 쉽게 터치하며 쓰던 개수대 페달을 사용하지 못해도 기꺼이 불편함과 불안함을 감수할 수 있다. 고양이로 인해 바뀐 우리 집 주방.

가끔은 고양이가 말을 할 수 있었으면 좋겠다는 생각을 해본다. 그러다가 '만약에 말을 할 수 있다면 또 얼마나 요구 사항이 많을까.' 하는 생각이 들어 얼른 고개를 젓는다. 나는 이미 일상 속에서 같은 종족에게 너무 많은 요구를 받고 있다. 말을 할 수 없어서 더욱더 사랑스러운 존재인 것일 수도. 키티에게 왜 입이 없는지 이해가 된다.

고양이는 자신의 영역 구석구석을 샅샅이 살피며 컨트롤해야 하는 동물이라고 한다. 그렇기 때문에 높은 곳에 올라가 자신의 구역이라 여기는 집 안을 내려다보며 만족감을 느끼고 그러한 활동이 제대로 이루어지지 않을 때는 스트레스를 받는다고 한다. 그만큼 자신의 영역 안의 것들은 속속들이 파악하고 제 손에 넣어야 하는데 아쉽게도 우리 집 고양이는 아직 다용도실을 장악하지 못했다. 집 안 어디든 다닐 수 있고 허용되었지만 열리지 않는 문 하나. 탐험을 좋아하고 구석에 쏙 들어가 숨기 좋아하는 고양이는 다용도실 탐험을 마치지 못했다.

우리 집 고양이 '솜솜이'는 오늘도 굳게 닫혀 있는 단단한 문 앞을 지키며 식빵을 굽고 있다.

타인의 주방

나는 다른 이의 주방에 서면 바보가 된다. 각종 스마트한 기능이 갖춰진 주방이든, 특별할 것 하나 없는 평범한 주방이든, 시골집 아궁이에 가마솥이 걸린 재래식 부엌이든, 내 주방이 아니면 바로 쩔쩔매게 된다. 가끔 친지나 친구의 주방에 설 일이 있다. 요즘은 어느 집이나 한눈에 보기에는 똑같은 모양의 싱크대와 냉장고, 식탁의 배치지만 그곳에 서서 하염없이 헤매는 일이 생긴다. 마치 길을 잃은 꼬마 같이.

주방을 구성하는 요소는 아주 간단하다. 수전과 싱크볼, 가스레인지와 같은 가열 기구, 수납장, 전자제품들. 만약 내가 다른 집의 주방에 서야 하는 일이 생기면 눈에 보이는 것들을 재빨리 훑는다. 그러나 문제는 수납장 안의 것이다. 집집마다 그 주방을 책임지는 사람(주로 주부)의 취향과 동선을 최대한 고려해 소중히 들어앉아 있는 것들의 위치를 파악하는 것은 힘들고 민망한 일들의 연속이다.

결혼하기 전 엄마 대신 뭔가를 만들어야 해서 주방에 서면,

"엄마! 프라이팬 어디 있어? 큰 접시는? 고춧가루는?"

하며 물어댔다. 그럼 엄마는,

"니는 우리 집에 같이 안 사나?"

하며 찾아 주셨다. 지금도 친정에 가면 엄마만의 공식으로

수납장이 채워져 있어서 이 문 저 문 열어가며 찾아야 한다.

결혼하고 오랫동안 새댁이었을 때, 식사를 준비하시는 어머님 옆에 서서 무언가 도와드리려고 해도 무엇이 어디에 있는지 도통 알 수가 없었다. 국물이 자박자박한 불고기를 담을 옴폭하고 넓은 접시는 어디에, 국에 들어가는 조선간장(국간장)은 어디에, 완성된 음식에 반드시 뿌리는 깨는 어디에 있는지 같은 거 말이다. 자주 서지 않는 주방이니 모르는 게 당연했다. 그렇지만 그때마다 일일이 어디 있냐고 물어보는 일도 괜히 어려웠다.

내 주방이었다면 냉장고와 수납장 속이 훤히 보였을 테다. 냉장고 문을 열어 '거래자들'이라는 대형 마트에서 사 와 소분해 얼려두었던 양념에 재워진 불고기 거리를 꺼내 해동하기 시작한다. 빠른 자연해동을 원할 때는 스테인리스 냄비나 밧드를 이용한다. 스테인리스가 해동을 돕는다고 들었다. 일단 싱크대 하단 왼쪽 수납장을 열어 스테인리스 재질의 밧드나 볼에 물을 담고 고기를 나눠 담아 둔 비닐봉지째 담근다. 그동안 밥솥에 씻어놓은 쌀도 안치고 이것저것 준비를 하다가 어느 정도 고기가 녹았다 싶으면 프라이팬을 불에 올려놓는다. 가스레인지의 왼쪽에 넣어 둔 식용유를 살짝만 두르고 아일랜드 식탁의 제일 윗서랍을 열어 길다란 튀김용 젓가락을 꺼내

든다. 고기를 아주 현란하게 휘저을 생각이다. 한 점도 붙어 있는 꼴을 못 보겠다는 듯이 마구 흩트려서 달달 볶는다. 아무래도 시판이라서 간간하게 먹는 우리 집 입맛과는 조금 다를 것 같다. 냉장고에서 맛간장을 꺼내 2스푼 정도 넣고 식용유가 있던 자리에 함께 놓여있던 소주나 청하를 조금 넣는다. 왜 있는지는 모르겠지만 항상 조금 남은 소주가 있다. 손님들이 와서 마시다 간 것일 수도 있고 수육 할 때 넣겠다고 일부러 사서 쓰고 난 후 남은 것일 수도 있다. 그렇게 고기 특유의 누린내가 조금 사라졌다 싶으면 냉동실에서 갈아 놓은 마늘을 꺼내 떼어 넣는다. 대충 고기가 충분히 잘 익었다 싶을 때 가스불을 끄고 가스레인지의 아래쪽 길쭉한 수납장을 쑥 당겨 꺼내면 참기름이 들어있다. 참기름을 휘휘 두어 바퀴 두르고 냉장실 문 벽면 수납장에 있는 깨소금을 꺼내 후루룩 뿌린다. 한층 풍미가 살아 있는 불고기가 완성된다. 오랜만에 정성 들여 만든 오늘의 주인공 반찬이니까 큼직하고 예쁜 그릇을 꺼내야 한다. 그게 어디 있는지는 눈감고도 찾을 수 있다. 아일랜드 조리대의 왼쪽 수납장 제일 아래 칸에 있다. 타원형으로 길쭉하지만 오목해서 국물이 자박자박한 음식에 잘 어울리는 '쯔비벨무스터'의 타원 샐러드 접시가 오늘의 주인공을 모실 그릇으로 당첨이다. 당첨된 그릇에 완성된 불고기를 소복하게 담고 냉장실에서 참깨를 꺼내 솔솔 뿌리면 완성! 식탁의 한가운데에 놓으면 그릇은 고혹적인 푸른빛을 뽐내며 젓가락질을 부른다. 다만 내가 만든 불고기가 항상 맛있다는 보장을 하지 못하는 게 분할 뿐이다. 아무리 살림에 재미를 못 붙이는 나라고 해도 내 주방에서만큼은 생활의 달인 맛집 장인처럼 유능함을 발휘한다. 그러나 남의 주방에만 서면 생전 처음 식당 아르바이트를 해보는 학생처럼 미숙해진다.

친구 집에 놀러 가서 밥 먹고 설거지라도 도와주려고 싱크대에 있는 수세미를 별생각 없이 잡고 씻고 있으면 친구가 와서 이야기한다.

"그거 싱크볼 닦는 용인데."

"헙! 미안, 다시 할게."

"아니야, 괜찮아. 그럴 시간 없어. 빨리 정리하고 얘기나 더 하자."

미리 물어봤어야 했지만, 친구는 친구대로 정리한다고 정신없어 보여 그냥 내 마음대로 하다 보면 이런 일들이 생긴다. 육아 시절은 친구들과 만날 시간을 쪼개고 쪼개서 겨우 만들어 모인다. 그렇기 때문에 우리는 상대적으로 조금 더 더럽다고 여겨지는 싱크볼 닦는 수세미로 그릇을 씻었다 한들 별로 개

의치 않아 했다. 조금이라도 더 이야기할 수 있는 시간을 확보하고 싶기 때문이다. 하지만 친구들이 돌아가고 나면 설거지를 다시 했을 것이다. 도우려다 오히려 민폐를 끼쳐버린 게 되어 버렸다. 반대의 경우도 있었다. 친구가 우리 집에서 설거지하거나 밥상을 차릴 때는 내가 했던 실수와 똑같은 일들이 발생했다. 그런 경우 나는 다시 씻지는 않는다. 그냥 잊어버릴 뿐이다. 그런 식으로 모두가 헤매는 것을 보면 나만 남의 주방에 서면 바보가 되는 건 아닌가 보다. 센스 있는 사람처럼 보이고 싶은데 왜 다른 이의 주방에 서면 엉성해질까?

주방은 집을 이루는 하나의 공간이다. 그저 침실, 거실, 주방, 화장실 등으로 이루어져 있는 집의 일부분일 뿐이다. 다른 공간들은 어느 집이든 비슷비슷한 기능과 풍경을 갖는다. 그러나 유독 주방만은 그 주방을 주도적으로 사용하는 사람의 개성을 담은 공간이 된다.

사람들은 본인만의 규칙으로 주방에 자질구레한 살림들을 수납한다. 각종 양념, 소스들을 냉장 보관하는 집이 있고 상온 보관하는 집이 있다. 수저를 수저통에 꽂아 놓는 집이 있고 서랍에 숨겨 놓는 집이 있다. 생선구이용 프라이팬과 일반 요리용 프라이팬의 구분은 같이 사는 식구가 아니면 알 수 없는 일 아닌가. 일회용 위생 팩과 랩을 사용하려면 어느 서랍에 그것이 들어있을지 찾아내는 게임을 해야 한다. 이렇게 다양한 기준과 규칙으로 변주가 가능한 공간도 드물 것이다.

나도 처음에는 수저통에 수저를 꽂아 놓고 사용할 때가 있었다. 지금은 다 마른 수저나 국자 등을 바깥에서 보이지 않게 서랍에 넣어둔다. 냄비를 쓰지 않던 식기 세척기 안에 넣어두고 살 때도 있었다. 지금은 오븐 밑에 붙어있는 서랍에 넣어둔다. 쌀은 김치냉장고에, 고춧가루와 새우젓은 냉동실, 맛간장을 비롯한 각종 소스들은 냉장고에 둔다. 자주 사용하지는 않지만, 설탕이나 참깨도 냉장고 문의 벽면에 수납한다. 다들 자신만의 귀여운 강박으로 정해진 자리에 수납할 것이다.

한 번씩 인터넷 커뮤니티에 함부로 냉장고 문이나 싱크대 수납장을 벌컥벌컥 열어젖히는 친지나 친구들 때문에 고민이라는 글이 심심찮게 올라온다. 그러면 그들의 무신경함과 무례함을 성토하는 댓글들로 후끈해진다. 무방비한 자신의 공간에 훅 들어오는 것을 싫어하는 사람들이 많다는 뜻이다.

때로는 정리나 청소가 제대로 되어 있지 않아 남에게 보여주기 싫은 곳도 있을 것이다. 그런 맥락에서인지 요즘은 거실과 주방을 구분하는 인테리어도 유행한다. 이러저러한 이유로 사람들은 자신의 주방에 누군가가 함부로 들어서는 것을 꺼리거나 경계한다. 특히 나는 누군가가 수납장을 확확 열거나 마음대로 벌컥벌컥 냉장고 문을 열면 발가벗긴 기분이 든다. 물론 나도 무언가 필요할 때는 일일이 어디에 있는지 물어야 하고 대답(허락)을 듣고 찾는다. 묻는 나도 귀찮고 대답해주는 사람도 답답할 노릇이다. '차라리 내가 하고 말지.'라는 말을 들을지도 모른다.

내 공간을 남이 헤집고 다니는 게 싫은 만큼 나도 타인의 공간에 들어서게 되면 조심하게 된다. 그곳이 익숙해져 어디에 무엇이 있는지 눈 감고도 찾을 수 있을 때가 되기 전까지는 나는 눈치껏 해결하지 못하는 바보가 된다.

우리 집 심야 식당

밤 11시 30분 즈음에 열리는 식당이 있다. 매일은 아니고 일주일에 한두 번 딸아이가 늦은 밤 학원에서 돌아와 자신만의 충전 시간을 충분히 즐긴 후 "배고파. 뭐 먹을 거 없어?"하고 물어오면 열리는 식당이다. 안타깝게도 이 식당의 마스터는 커다란 웍을 꺼내 불을 활활 지피며 각종 재료들을 넣고 슉슉 요리를 만들어 내지 못한다. 심지어 이미 영업을 마친 후라서 영 못마땅하다.

"왜 아까 왔을 때 먹겠다고 하지 않고 이제 와서 배고프다는 거야. 밥 차려 놨을 때 먹을 것이지."

라며 짜증 섞인 목소리로 식량창고와 냉장고를 뒤적거린다. 불친절한 마스터는 고작 냉동실과 냉장실을 열었다 닫았다 하며 이것저것 꺼내 전자레인지나 에어프라이어에 넣고 데워 줄 뿐이다. 라면이나 편의점 인스턴트 식품으로 때울 때도 있다.

어떤 날은 온 가족이 합심하여 치킨이라도 먹자며 주문할 때도 있다. 늦은 시간 이 식당에는 손님들로 만석이다. 그래봤자 마스터 포함 3명이지만. 각자의 주종과 음료수를 앞에 두고 치킨을 뜯으며 온갖 이야기를 다 한다. 학교 이야기, 뉴스 속 세상 이야기, 아이돌 이야기, 고양이 이야기 등 주제는 무궁무진하다. 그러다가 한순간 시베리아 기단보다 차가운 분위기가 감돌 때도 있다. 아이가 듣기 싫어하는 공부나 생활 습관 잔소리가 시작되는 순간이다. 그럴 때 딸아이는 재빨리 젓가락을 놓고 배부르다며 일어난다. 그러면 그날의 심야 식당은 예상보다 일찍 문을 닫는다. 그런 일이 일어나지 않도록 될 수 있으면 먹을 때는 잔소리하지 않으려고 허벅지를 꾹꾹 찌른다. 정작 함께 앉아 이야기 나눌 시간은 뭔가를 먹을 때뿐인 것 같아 씁쓸하다.

때로는 심야 식당에 손님이 한 명뿐일 때도 있다. 딸아이는 편의점에서 자기가 먹고 싶은 간식을 한가득 골라올 때도 있다. 불닭볶음면에 콘치즈 마카로니 그라탕, 닭꼬치, 어묵탕 등을 뷔페처럼 이것저것 늘어놓고 다양한 맛을 즐긴다. 혼자 태블릿으로 좋아하는 영상을 보며 낄낄거린다. 입으로 들어가는지 코로 들어가는지도 모르게 젓가락질을 해대며 깔깔거릴 때도 있다. 남편은 가끔 입이 심심하다며 혼자 식량창고를 뒤적뒤적이다가 과자 한 봉지나 좋아하는 어포를 뜯어 먹는다. 그러다가 캡슐 커피 한 잔을 내려 바람 쐬러 나간다. 나는 모두가 잠들어 누구에게도 방해받지 않는 깊은 밤에 혼자 맥주 한 캔을 마실 때가 있다. 주량이라고 말할 만한 것도 없기에 딱 한 캔이면 된다. 한 캔만 마실 거니까 뭐 대단한 안주도 필요하지 않다. 도시락 김이나 감자칩 조금이면 된다. 목구멍이 따가울 정도로 청량한 캔맥주와 함께 미뤄뒀던 드라마를 보거나 책을 읽거나 지금처럼 글을 쓸 때도 있다. 시간이 가는 게 아까울 만큼 소중하고 행복한 시간이다. 하루 동안 자신만의 전투를 열심히 치르고 지쳐 돌아온 손님들은 심야 식당에서 자신만의 치유 시간을 갖는다. 돈을 버는 것도 공부를 하는 것도 교양을 쌓거나 자기 계발을 하는 시간도 아닌 그저 빈둥거리며 흘려보내 버리는 시간이 꼭 필요하다. 오늘의 힘겨움을 털어내야 내일 아침이 가벼워지기 때문이다. 그러면 우리는 또 싸우러 나갈 수 있다. 그게 돈벌이든 학업이든 대인 관계든 뭐든.

손님들은 심야 식당은 찾았는데 식당에 준비된 재료가 하나도 없을 때가 있다. 사놓은 간식이나 라면 등이 떨어져서 없다거나 본인들의 입에 맞는 메뉴가 없다는 이유로 수납장이나 냉장고 문을 열었다 닫았다만 하고 있는 경우도 있다. 늦은 밤 허전함과 허기를 달래기 위해 찾은 식당에서 딸은 외친다.

“엄마, 우리 집에 어떻게 이렇게 먹을 게 없을 수가 있어!”

그런 날도 있는 거지 뭘. 그러면 나는 무미건조하게 대꾸한다.

“잘 밤에 뭐 먹으면 소화 안 되니까 그냥 자.”

최대한 ‘무심하게’가 포인트다. 사실 집에 먹을 건 많다. 본인의 취향이 아닐 뿐이다. 까다로운 입맛은 마스터가 해결해 줄 수 없는 일이다.

언젠가 생일 선물로 다기 세트를 받았다. 사실은 내가 고른 것이다. 비록 인터넷에서 샀지만 차를 우려내는 주전자인 다관, 물을 식히는 용도나 우린 차를 식히는 숙우, 물을 바로 버릴 수 있는 차판, 찻잔 등 제대로 갖춘 세트였다. 꼭 소꿉장난 같이 작은 다관과 찻잔에 차를 홀짝홀짝 마시는 재미가 쏠쏠했다. 이제 다기 세트는 갖추었지만 정작 잎차가 없어 집에 있는 티백을 뜯어 마셔야 하는 웃긴 상황이지만 왜 많은 사람들이 다도에 빠지는지 알 것 같기도 했다. 마실 때마다 맛있는 잎차를 구해야겠다며 다짐하지만, 커피에 우선순위가 밀려 아직도 갖추지 못했다.

아주 늦은 밤은 아니지만 저녁 식사 후 차를 마시고 싶을 때가 있다. 그보다는 뜨거운 물로 다관이나 찻잔을 데웠다가 버리고 또 차를 우려낸 후 소꿉놀이 장난감보다 더 작아 보이는 찻잔에 따라서 마시는 일련의 과정들을 가족들과 함께하고 싶었던 게 더 맞는 표현인 것 같다. 엄격한 격식과 예를 다해 다도를 하시는 분들이 들으면 아주 언짢겠지만 이렇게 쉽고 가볍게 다가가는 것도 다도의 저변 확대라고 너그럽게 봐주셨으면 좋겠다. 어쨌든 우리의 냉정한 심야 식당 손님들은 본인들의 취향이 아니라며 차갑게 외면한다. 좀 같이 마시자니까 치사하게 끝까지 거부한다. 차는 언제나 나 혼자 조용히 티백을 뜯어 나름의 순서를 지켜 우려낸 후 '홀짝홀짝' 나눠 마신다. 천천히 다우茶友를 포섭할 작전을 세워야겠다. 따로 또 같이 차를 마시고 싶으니까 말이다.

그러니까 우리 집 심야 식당에는 인스턴트 냉동 식품도 있고 라면과 빵, 과자도 있고 티백을 뜯어 예쁜 다기로 내려 주는 차도 있다. 아! 배달 앱도 있다. 암호는 늦은 밤 '최대한 출출하다는 표정으로 배를 문지르며 나와 식량창고나 냉장고 문을 두어 번 열었다 닫았다'하는 것이다. 그러면 마스터의 잔소리와 함께 심야 식당의 문이 스르르 열린다.

에필로그

설거지를 마치며

시간이 흐르면서 자연스레 우리의 주거 양식이나 생활 방식은 변화한다. 거기에 맞춰 주방도 변한다. 우리 집도 예외는 아니다. 크게는 집이 바뀌었다. 당연히 주방의 모습도 조금은 달라졌다. 고장 난 식기 세척기 대신 신제품을 빌트인해서 넣었다. 냉장고는 작아졌지만, 식탁은 커졌다. 설거지할 때 조금이나마 숨통을 트이게 하는 가로로 긴 작은 창문도 생겼다. 주방에서 진로 체험을 하던 중학생 딸아이는 이제 고등학생이 되었다. 그녀가 좋아하던 아티스트의 사진이 내 주방 한켠에도 자리 잡아 나를 흐뭇하게 한다. 더 놀라운 변화는 내 인생에는 절대 없을 줄 알았던 '고양이' 밥친구도 생겼다는 것이다.

이런저런 크고 작은 변화들로 인해 내 주방은 또다시 이전과는 다른 개성을 갖게 되었다. 우리 집 위와 아래에 똑같은 구조의 주방이 있다. 그렇다고 해서 아랫집에는 누가 사는지, 윗집의 오늘 저녁 메뉴가 무엇인지 알 수는 없다. 몇백 쌍둥이 주방이지만 어느 것 하나 같은 주방은 없을 것이다. 수저, 그릇, 식재료, 전등까지 모두 다른 각자의 주방에서 어떤 시간들을 보내며 살고 있는지 궁금해지는 오지랖이 생긴다.

옛날에는 부엌을 뒤에 따로 떼 놓았지만, 요즘은 대부분 거실과 통하는 구조다. 그곳에서 주방은 조용히 우리를 지켜보고 있다. 우리 가정의 모든 사정들을 속속들이 알고 있는 느낌이다. 오늘은 즐거운지 슬픈지 왜 싸우는지 왜 행복해하는지 모든 것을 안다. 우리가 그곳에서 도란도란 이야기를 나눌 때 주방은 놓치지 않고 들어준다. 흥분했을 때는 진정하라며 조용히 차를 내어 주고 배고플 때는 허기를 달래라며 밥도 내어준다. 동떨어진 방에서 혼자 있기 싫다며 아이가 숙제를 들고 나와 식탁에 앉거나 책을 읽을 때는 조용한 도서관이 되어주기도 한다.

나의 주방 이야기는 여기서 끝이 나지만 주방은 계속 변화할 게 분명하다. 주방이 나를 지켜보고 있듯이 나도 계속 관찰할 것이다. 앞으로도 미처 눈치채지 못한 주방의 이야기를 조심히 들어주고 싶다.

주방 표류기

2023년 7월 19일 개정판 1쇄 발행

지은이 배현혜
발행인 정가영
책임편집 이명은
디자인 지민채

펴낸곳 마누스
FAX 0504-064-7414
이메일 manus2020@naver.com
블로그 blog.naver.com/manus2020
인스타그램 @manus_book

ISBN 979-11-981715-1-1